Les Merveilles de l'Orient

ÉTONNANTS • CLASSIQUES

MARCO POLO

Les Merveilles de l'Orient (Récits de voyage II)

Présentation, notes, chronologie, dossier par
CAROLINE TROTOT,
professeur de lettres

GF Flammarion

Dans la même collection

CARRIÈRE, *La Controverse de Valladolid*
DEFOE, *Robinson Crusoé*
DIDEROT, *Supplément au Voyage de Bougainville*
JEAN DE LÉRY, *Le Nouveau Monde (Récits de voyage I)*
MONTESQUIEU, *Lettres persanes*
VOLTAIRE, *Candide*
L'Ingénu
Micromégas
Zadig

Éditions Flammarion, 1999.
Édition revue, 2008.
ISBN : 978-2-0812-1510-8

SOMMAIRE

Le Livre de Marco Polo

■ Marco Polo en route vers la Mongolie. Miniature du XIVe siècle.

PRÉSENTATION

Merveilleux Orient

De l'Antiquité au Moyen Âge, l'Orient n'est pas seulement ce qui se trouve à l'Est, c'est aussi la région immense et mal définie de l'extrémité de la terre, région du soleil naissant, ce qui se dit *oriens* en latin. Et l'homme occidental associe à cette position extrême des qualités extrêmes qui le fascinent. Extrême chaleur, extrême profusion de la nature qui engendre d'extrêmes richesses. De l'historien grec Hérodote (vers 484-425 av. J.-C.) aux marchands médiévaux, tous soulignent l'abondance des denrées précieuses souvent impossibles à produire en Occident : coton, soie, épices, or. L'Orient suscite donc un étonnement admiratif, et c'est dans ce premier sens qu'il faut comprendre qu'il est merveilleux.

Mais l'Orient fascine également parce qu'il est inconnu et qu'on n'y distingue pas toujours le vrai du faux, le réel du légendaire, la réalité du merveilleux. Dès lors, l'Orient est la terre des animaux fabuleux : phénix, oiseau-roc ou licorne ; des races monstrueuses : hommes à tête de chien appelés cynocéphales, les sciopodes qui n'ont qu'un pied, par exemple. C'est encore la terre des interventions divines, des miracles qui déplacent les montagnes, et qui ne font que prolonger ce qui a été raconté dans l'Ancien et le Nouveau Testament. Et c'est dans ces régions que l'on situe le Paradis terrestre, le lieu d'échouage de l'arche de Noé ou la ville des Rois Mages. Ces légendaires personnages bibliques témoignent que depuis l'Antiquité on associe Orient et magie : de la magicienne Médée de Colchide [1] aux yogis [2] de l'Inde et aux brahmanes [3] qui déplacent les plats de l'Empereur de Chine sans les toucher, l'Orient est une terre d'enchanteurs.

Ce merveilleux-là ne suscite pas toujours l'admiration. Au contraire, il effraie bien souvent car il semble inspiré par le diable. Mais la merveille, c'est en définitive cela : ce qui suscite la crainte et l'admiration, ces deux sentiments ressentis conjointement ou séparément par celui qui s'étonne devant l'étrange. Et de même qu'on peut ressentir une pure admiration devant les richesses de l'Orient, on peut marquer de l'effroi devant la cruauté de ce qui apparaît barbare. Car, depuis les Grecs, l'Asie constitue aussi la terre des Barbares.

Les merveilles de l'Orient sont donc ambivalentes : à l'extrême abondance s'oppose l'extrême dépouillement des déserts, le diable s'oppose à Dieu, la cruauté barbare aux précieux raffinements. Elles offrent donc toutes les séductions possibles pour l'Occidental qui vit dans les régions tempérées et cultive la tempérance [4].

---

1. *Médée de Colchide* : magicienne célèbre pour ses crimes, elle aida, selon la légende des Argonautes, le Grec Jason, à s'emparer de la Toison d'or. La Colchide était le nom donné à la région située à l'est de l'actuelle mer Noire.
2. *Yogis* : chez les Hindous, ceux qui pratiquent le yoga.
3. *Brahmanes* : membres de la première des grandes castes de l'Inde, la caste des prêtres.
4. *Tempérance* : modération.

Le récit de voyage : entre tradition et innovation

Le paradoxe [1] est donc que ces extrêmes différences se disent à peu près toujours de la même manière depuis les Grecs. Cette manière consiste à décrire plutôt qu'à raconter. Depuis Hérodote, on fait l'inventaire des connaissances que l'on a sur un pays bien plus que l'on ne raconte un voyage individuel. L'œuvre littéraire est rédigée après coup ou même indépendamment d'un voyage réel, et le rédacteur confronte ce qu'il a à dire avec ce que ses prédécesseurs ont écrit. Le voyageur en soi n'est pas un personnage digne d'intérêt. Pour avoir parcouru l'Asie et faire l'objet d'un récit, il faut être Alexandre le Grand [2].

Marco Polo reprend et modifie cette tradition. Il la reprend parce qu'il consacre l'essentiel de son œuvre à décrire les lieux, les gens et les coutumes de l'Orient. Pour cette raison on l'intitule souvent *Le Devisement du monde*, c'est-à-dire « la description du monde ». Il se situe également dans cette tradition d'une écriture savante qui s'appuie sur des textes antérieurs. Cependant, il innove considérablement en centrant son livre sur un voyageur : Marco Polo. La description est donnée comme le résultat de l'expérience de Marco Polo, même si le rédacteur écrit qu'il a également recours à des documents pour compléter son

1. *Paradoxe* : jugement contraire à l'opinion commune qui repose sur une apparente contradiction.
2. *Alexandre le Grand* (356-323 av. J.-C.) : roi de Macédoine qui étendit ses conquêtes jusqu'en Égypte et jusqu'à la vallée de l'Indus.

information, comme l'écrit officiel qui donne matière à la description de Hangzhou. Cette expérience authentifie les descriptions, elle donne lieu à un récit qui raconte le premier voyage fait par le père et l'oncle de Marco et le second fait par les trois hommes.

Autre originalité de l'œuvre, elle se présente comme la mise par écrit d'un discours. Marco Polo aurait raconté son voyage à Rusticien de Pise alors qu'ils se trouvaient tous les deux en prison à Gênes, sans doute à la suite d'un combat naval entre Vénitiens et Génois. Marco Polo est donc à la fois le sujet qui observe et l'objet du récit. Le titre original de la version rédigée en français, *Le Livre de Marco Polo*, témoigne de cette ambiguïté.

Marco Polo, héros voyageur

Personnage littéraire autant qu'observateur, Marco Polo prend sous la plume de Rusticien une stature héroïque : « Car sachez que, depuis que notre seigneur Dieu fit Adam notre premier père, il n'y eut jamais homme d'aucune race qui sût tant de choses et qui parcourût les diverses parties du monde à la recherche de ses grandes merveilles. » Sa naissance même est entourée de mystère puisque son père découvre son existence au retour de son premier voyage, après quinze ans d'absence. Le voyage qu'il accomplit ensuite a valeur de parcours initiatique en menant d'abord l'adolescent à Jérusalem, au tombeau du Christ. Cette première étape en forme de pèlerinage achevée, les trois hommes se rendent auprès du grand Khan[1], et c'est à la cour du souverain que Marco Polo devient un homme accompli, savant, avisé et maîtrisant l'éloquence[2]. Grâce à ces talents, Marco Polo est pendant dix-sept ans chargé de missions par l'empereur, ce qui lui permet de parcourir l'Asie. Cette expérience unique, résultat de l'habileté du personnage, est elle aussi désignée dans l'ouvrage comme un objet d'émerveillement.

Marco Polo est donc un personnage littéraire autant qu'un personnage historique. Mais la réalité historique n'en existe pas moins : c'est celle des marchands vénitiens du XIIIe siècle. Depuis plusieurs siècles déjà, Venise, cité souveraine, possède des comptoirs de commerce[3] sur les rives de la Méditerranée, de l'Égypte à la mer Noire, et les croisades ont permis, au XIIIe siècle, aux marchands vénitiens de renforcer leur puissance, en particulier après la prise de Constantinople[4] en 1204. C'est dans cette ville qu'un des oncles de Marco Polo possède une maison de commerce, au cœur du quartier de la Corne d'or. De là, il est aisé de rejoindre les comptoirs établis sur les rives de la mer Noire, points d'aboutissement des routes caravanières par lesquelles les marchands arabes rapportent les denrées précieuses importées d'Extrême-Orient. Or, la fin du XIIIe siècle voit la puissance vénitienne menacée. En 1261, Venise perd Constantinople et voit décliner son influence dans la région au profit d'une autre cité d'Italie, Gênes. C'est l'occasion pour certains de chercher de nouveaux profits à l'est

1. *Le grand Khan* : titre donné aux souverains mongols. Les Mongols, à l'origine peuple de nomades vivant en tribus, originaire d'Asie centrale, étendirent progressivement leur domination sur la plus grande partie de l'Asie, et en particulier sur la Chine.
2. *Éloquence* : art de la parole et des discours.
3. *Comptoirs de commerce* : installations commerciales dans un pays éloigné.
4. *Constantinople* : aujourd'hui Istanbul, en Turquie.

en évitant les coûteux intermédiaires. Ils se lancent donc sur de nouvelles routes pour traverser l'Asie, qui connaît sous la domination de Gengis Khan [1] une paix relative.

Héros littéraire, Marco Polo est donc également un symbole historique, emblème des marchands italiens. Héros, marchand, ambassadeur, Marco Polo est-il un voyageur ? On est allé jusqu'à s'interroger sur la réalité des voyages évoqués dans son livre. Il n'en demeure pas moins que l'authenticité de nombre des observations qui s'y trouvent est indéniable, ce qui en fait un témoignage extraordinaire sur la Chine des Mongols au XIIIe siècle. Si le fabuleux y tient une place encore remarquable, c'est la réalité des civilisations chinoises et mongoles qui occupe la part la plus importante et la plus étonnante de ce livre également intitulé *Le Livre des merveilles*. Selon la formule de Stéphane Yerasimos [2] : « Dans la vision du monde le merveilleux perçu en tant que réel laissera sa place au réel perçu en tant que merveilleux. »

Les Mongols

La réalité orientale découverte par Marco Polo au XIIIe siècle a en effet de quoi susciter étonnement, admiration et crainte. Sous la conduite de Gengis Khan, les Mongols ont peu à peu conquis un immense empire qui va de la mer Noire à l'océan

1. *Gengis Khan* : vers 1162-1227, unificateur des tribus mongoles, il conquit la Mongolie puis la Chine du Nord, le Turkestan oriental, l'Afghanistan et toute la Perse. Fondateur de l'Empire mongol, son nom signifiait « chef universel ».
2. Stéphane Yerasimos est l'auteur d'une édition du *Devisement du monde* (Paris, La Découverte, 1998).

Pacifique. On les appelle aussi souvent les Tartares, déformation du nom d'un des premiers peuples qu'ils ont conquis, les Tatars, la lettre *r* ajoutée rappelant le sinistre fleuve des Enfers grecs, le Tartare. Cette conquête rapide et violente a fait trembler jusqu'en Occident et a ravivé la conception antique de l'Oriental barbare. Mais, même si l'empire de Gengis Khan est partagé après sa mort entre ses successeurs, la conquête a cependant donné une certaine unité à ce continent.

En outre, cette conquête n'est pas seulement un épisode guerrier, elle est à l'origine d'une civilisation étonnante sur laquelle Marco Polo nous donne beaucoup de renseignements, une civilisation qui, derrière la puissance guerrière, révèle une fragilité extrême, car elle est caractérisée par le nomadisme. Ces paradoxes admirables, Marco Polo les observe dans le système mis en place par le grand Khan Kubilaï, petit-fils de Gengis Khan, qui achève la conquête mongole de la Chine et se proclame empereur en 1280, fondant la nouvelle dynastie des Yuan. Kubilaï est à la fois puissant et tolérant dans le domaine religieux. Il construit des palais magnifiques mais il en change souvent et en possède un qui est démontable comme les yourtes[1] traditionnelles. Il utilise les structures économiques et administratives chinoises déjà très développées et y ajoute les structures mongoles. Au fil de la lecture, on comprend que le rédacteur ait choisi de consacrer une si grande partie de l'œuvre à la description de cette civilisation qui se transforme, de cette fusion de la sédentarité et du nomadisme, de la puissance et de la richesse, dont le voyageur gomme volontairement la dimension violente pour lui prêter la légèreté de l'incessant mouvement nomade qui est aussi le sien.

1. *Yourtes* : tentes d'habitation des Mongols, voir p. 55.

CHRONOLOGIE

1254 1324

1254 1324

- Repères historiques
- Repères culturels

Repères historiques

vers 1167 Naissance de Gengis Khan.

1204 Prise de Constantinople par les croisés lors de la quatrième croisade.

1206 Fondation de l'Empire mongol.

1215 Prise de Pékin par les Mongols.

1219 Début de la campagne d'Occident de Gengis Khan.

1220 Prise de Boukhara et de Samarcande.

1226 Début du règne de Louis IX (Saint Louis) en France.

1227 Mort de Gengis Khan.

1245 Le franciscain Jean de Plan Carpin est chargé par le pape de remettre un message au grand Khan Guyuk. Il en tirera un livre intitulé *Histoire des Mongols*.

1254 Le franciscain Guillaume de Rubrouck, envoyé par Saint Louis, arrive dans la capitale mongole de Karakorum. À son retour, il raconte son voyage dans une lettre à Saint Louis.

1256 Hulegu souverain du royaume mongol d'Iran.

1260 Début du règne de Kubilaï.

1261 Prise de Constantinople par les Grecs.

Repères culturels

1207 Villehardouin rédige *La Conquête de Constantinople.*

1220 Première partie du *Roman de la Rose* écrite par Guillaume de Lorris.

Vers 1220 Roman de *Lancelot* en prose.

1224 Saint François d'Assise écrit le *Cantique des créatures.*

Vers 1225 *La queste del saint Graal.*

1226 Mort de saint François d'Assise.

1254 Naissance de Marco Polo [1].

1261 Départ des frères Polo de Soudak pour l'Asie.

---

1. Les dates concernant la famille Polo ne sont pas établies de manière certaine car les textes donnent souvent des dates erronées.

Repères historiques

1262 Guerre entre Berké et Hulegu. Victoire d'Hulegu.

1265 Mort de Hulegu.

1266 Mort de Berké.

1270 Saint Louis meurt à Carthage lors de la huitième croisade.

1277 Fin de la conquête de l'empire chinois des Song par Kubilaï.

1285 Début du règne de Philippe IV le Bel en France.

1291 Chute de Saint-Jean-d'Acre, dernière citadelle franque en Terre sainte.

1294 Mort de Kubilaï.

1314 Fin du règne de Philippe IV le Bel.

Repères culturels

1265	Naissance de Dante.
1265 ou 1269	Retour des frères Polo à Venise.
1270	Début du deuxième voyage des Polo. Deuxième partie du *Roman de la Rose* écrite par Jean de Meung.
1295	Retour à Venise de Marco Polo, de son père et de son oncle.
1296-1304	Giotto réalise les fresques de l'église supérieure Saint-François à Assise.
1298	Marco Polo emprisonné à Gênes dicte à Rusticien de Pise son récit.
1304	Naissance de Pétrarque.
1307-1321	Dante écrit *La Divine Comédie*.
1309	Joinville achève la *Vie de Saint Louis*.
1313	Naissance de Boccace.
1321	Mort de Dante.
1324	Mort de Marco Polo.

■ *Allégorie de l'Asie* par Adrien Collaert, d'après un dessin de Martin de Vos, Anvers, vers 1595. Gravure sur cuivre, BNF.

Le Livre
de Marco Polo

Note sur l'établissement du texte

Le texte est constitué par la traduction d'extraits de la version en ancien français du livre de Marco Polo, établie par M. G. Pauthier en 1865. Le découpage en chapitres reprend celui de l'édition Pauthier mais, pour une meilleure lisibilité, les titres en ont été modifiés et ils ont été renumérotés (on trouvera p. 103 une table des correspondances avec la numérotation originale). Les noms géographiques sont généralement modernisés pour la commodité de la lecture, sauf quand les noms anciens sont devenus des références, comme le Cathay par exemple.

Préface

Voici le livre dont Monseigneur Thiébault, chevalier, Seigneur de Cépoy – que Dieu l'absolve – demanda la copie à Messire[1] Marco Polo, bourgeois habitant en la cité de Venise. Et ledit Messire Marco Polo, en homme très respectable et bien instruit des coutumes et des mœurs de nombreuses régions, désirant que ce qu'il avait vu fût su par le monde entier, et en l'honneur et par respect du très excellent et puissant prince Monseigneur Charles[2], fils du Roi de France, et Comte de Valois, offrit et donna, au susdit Seigneur de Cépoy, la première copie faite depuis son livre ; et il lui était très agréable que ce fût par un homme de si grande valeur qu'elle fût annoncée et portée aux nobles contrées de France. [...]

---

1. ***Messire*** : ancien nom donné en gage de respect aux seigneurs (déformation de « mon sire »).

2. ***Monseigneur Charles*** : Charles de Valois (1270-1325), fils de Philippe III le Hardi. Il avait acquis par son mariage des droits sur l'empire latin de Constantinople, fondé par les croisés en 1204.

Prologue

Pour savoir la pure vérité à propos des diverses régions du monde, prenez ce livre et faites-le lire : vous y trouverez les très grandes merveilles qui y sont écrites à propos de la Grande Arménie[1], de la Perse[2], des Tartares[3] et de l'Inde, et de maintes autres provinces, comme notre livre vous le racontera avec méthode, habilement. Messire Marco Polo, sage et noble citoyen de Venise, raconte ce qu'il a vu. Toutefois il y a des choses qu'il n'a pas vues, mais il les a entendues d'hommes sûrs. Pour cette raison nous donnerons les choses vues pour vues et les choses entendues pour entendues, afin que notre livre soit honnête et vrai, sans aucun mensonge. Et chaque personne qui entendra ce livre, ou le lira, devra le croire, parce que tout y est vrai. Car sachez que, depuis que notre seigneur Dieu fit Adam notre premier père, il n'y eut jamais homme d'aucune race qui sût tant de choses et qui parcourût les diverses parties du monde à la recherche de ses grandes merveilles, comme

---

1. ***La Grande Arménie*** : l'Arménie était autrefois divisée en deux entités : la Grande Arménie et la Petite Arménie.

2. ***La Perse*** : l'Iran actuel.

3. ***Les Tartares*** : voir la présentation, p. 11.

ce Messire Marco Polo. Et pour cette raison, il a pensé que le mal serait extrêmement grand s'il ne faisait mettre par écrit ce qu'il avait vu et entendu de véritable, pour que les autres gens, qui n'ont ni vu ni entendu ces choses, les connaissent grâce à ce livre. Et je vous dis que, pour savoir cela, il demeura, en ces diverses contrées, bien vingt-six ans. Puis se trouvant dans la prison de Gênes, il fit écrire ce livre avec méthode par Rusticien de Pise qui était dans cette même prison, en l'année 1298 de l'incarnation du Christ.

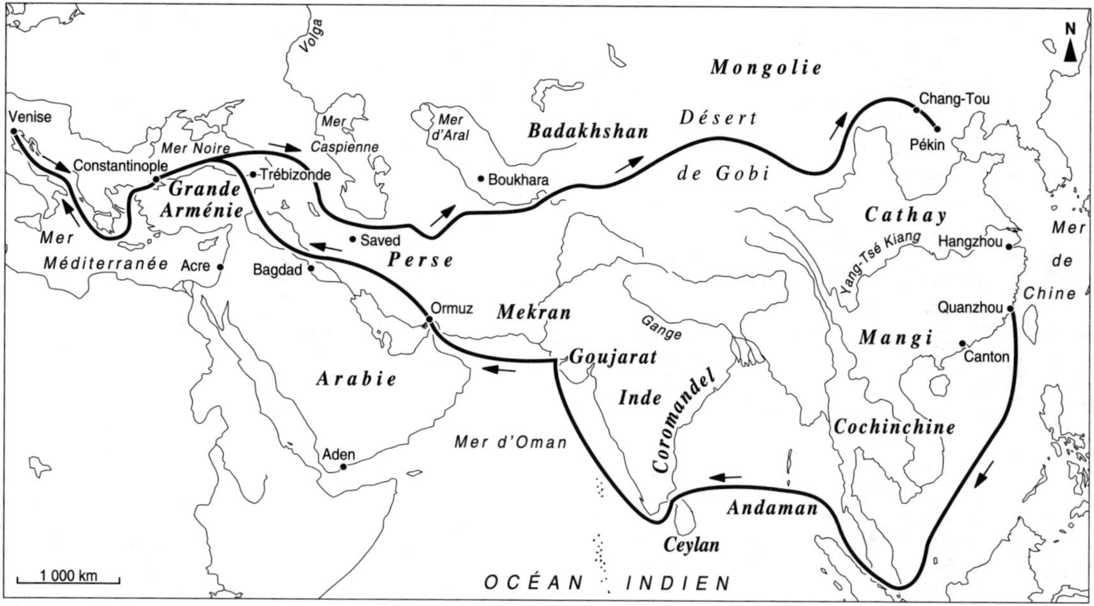

Carte: Edigraphie

■ Reconstitution du tracé des voyages de Marco Polo.

Récit des deux voyages

1
Nicolas et Mafeo partent pour Soudak

Il est vrai qu'au temps où Baudoin était empereur de Constantinople[1], en 1250, Messire Nicolas Polo, père de Messire Marco, et Messire Mafeo, frère de Messire Nicolas, étaient allés en la cité de Constantinople, depuis Venise, avec leur marchandise. Ils étaient parfaitement nobles, sages et prévoyants. Ils décidèrent de partir pour la mer Noire pour y faire du profit. Ils achetèrent de nombreux joyaux, partirent de Constantinople et allèrent par mer à Soudak[2].

2
De Soudak à la Volga

Quand ils furent arrivés à Soudak, ils jugèrent bon d'aller plus loin. Ils partirent de Soudak, se mirent en chemin et chevauchèrent tant qu'ils arrivèrent auprès d'un

1. ***Constantinople*** : voir note 4, p. 9.
2. ***Soudak*** : ville de Crimée.

Seigneur tartare, qui avait pour nom Berké Khan[1], et qui résidait à Saray[2] et à Bolghar[3]. Ledit Berké fit grand honneur aux deux frères, et se réjouit fort de leur arrivée. Quant à eux ils lui donnèrent tous les joyaux qu'ils avaient apportés et le seigneur les reçut bien volontiers ; ils lui plurent beaucoup. Et il leur en fit donner deux fois plus qu'ils ne valaient.

Quand ils furent demeurés avec leur Seigneur un an, il éclata une guerre entre Berké et Hulegu[4] le seigneur des Tartares du Levant[5]. Les armées étaient importantes de part et d'autre. Toutefois, à la fin, Berké, le seigneur des Tartares du Ponant[6], fut défait. Beaucoup de gens moururent de part et d'autre et, en raison de cette guerre, nul ne pouvait voyager sans être capturé. Mais ce péril on le courait sur le chemin par lequel ils étaient venus, de telle sorte qu'on pouvait chevaucher plus avant mais non retourner en arrière. C'est pourquoi il sembla bon aux deux frères d'aller de l'avant, puisqu'ils ne pouvaient retourner. Et ils partirent de Bolghar et s'en allèrent dans une cité qui avait nom Uvek[7], qui était la limite du royaume du seigneur du Ponant. Et ils partirent d'Uvek et passèrent le grand fleuve qu'est la Volga et traversèrent un désert qui dure dix-sept

1. ***Berké Khan*** : petit-fils de Gengis Khan, Khan de la Horde d'Or de 1256 à 1266, converti à l'islam.
2. ***Saray*** : ville située près de Volgograd.
3. ***Bolghar*** : ville située au sud de Kazan.
4. ***Hulegu*** : petit-fils de Gengis Khan, souverain mongol de l'Iran de 1256 à 1265.
5. ***Levant*** : est, orient ; point cardinal où le soleil se lève.
6. ***Ponant*** : ouest, occident ; point cardinal où le soleil se couche.
7. ***Uvek*** : ville située sur la rive droite de la Volga, entre Saray et Bolghar.

journées. Ils ne trouvèrent ni villages ni châteaux, que des Tartares dans leurs tentes qui accompagnaient leurs bêtes qui paissaient dans les champs.

3
En Perse

Quand ils eurent traversé ce désert ils arrivèrent à une cité très noble et très grande, qui est appelée Boukhara[1]. [...] C'était la plus belle cité de toute la Perse[2]. Et quand ils furent arrivés là, ils ne purent plus avancer ni retourner en arrière. Si bien qu'ils demeurèrent dans cette cité de Boukhara trois ans. Pendant qu'ils séjournaient dans cette cité, arrivèrent des envoyés de Hulegu, le seigneur du Levant, qui se rendaient auprès du grand Khan[3], le seigneur de tous les Tartares du monde. Et quand ces envoyés virent ces deux frères, ils s'émerveillèrent parce qu'ils n'avaient jamais vu un Latin en cette région, de telle sorte qu'ils dirent aux deux frères : « Seigneurs, si vous voulez nous faire confiance, vous en tirerez grand profit et grand honneur. » Et ils leur répondirent qu'ils les écouteraient volontiers. Alors les envoyés leur dirent que le grand Khan n'avait jamais vu de Latin : « Et il a un grand désir d'en voir un. Pour cette raison, si vous voulez venir avec nous jusqu'à lui, sachez, certainement, qu'il vous verra volontiers, vous fera grand honneur et sera bienveillant. Vous pourrez venir avec nous en sécurité, sans encombre. »

---

1. ***Boukhara*** : ville située en Ouzbékistan.

2. ***La Perse*** : voir note 2, p. 22.

3. ***Le grand Khan*** : il s'agit de Kubilaï, empereur et frère de Hulegu. Voir note 1, p. 9, et p. 11.

■ Les frères Polo devant le grand Khan.

4
En route vers le grand Khan

Quand les deux frères furent prêts à partir avec les envoyés, ils se mirent en route et chevauchèrent un an entier vers le nord, nord-est, avant d'arriver là où était le Seigneur. Et, pendant leur chevauchée, ils trouvèrent une merveilleuse diversité de choses, que nous ne raconterons pas maintenant, parce que Messire Marco, qui vit toutes ces choses aussi, vous les racontera plus loin dans ce livre, en détail.

5
Rencontre avec Kubilaï

Quand les deux frères furent arrivés auprès du grand Khan, il les reçut avec de grands honneurs, leur fit une grande fête et se réjouit fort de leur arrivée. Il leur demanda maintes choses; premièrement à propos des empereurs, comment ils maintenaient leur pouvoir et exerçaient leur justice sur leurs terres, comment ils allaient à la bataille, et tous leurs usages. Et après il les questionna au sujet des Rois, des princes et des autres barons.

6
Kubilaï s'informe

Et puis il les questionna au sujet du Pape et de l'Église, et de tout ce qui concerne Rome, et de toutes les coutumes des Latins. Et les deux frères lui dirent la vérité sur chaque sujet l'un après l'autre, avec ordre et précision, en hommes savants : car ils savaient bien la langue tartare.

7
Nicolas et Mafeo ambassadeurs du grand Khan

[Kubilaï est si satisfait qu'il envoie les frères Polo et un de ses barons tartares en ambassade auprès du Pape, munis d'une lettre.]

Et sachez que la lettre contenait ce que vous allez entendre. Il faisait dire au pape que s'il voulait bien lui envoyer jusqu'à cent hommes savants en théologie[1] chrétienne et dans les sept arts libéraux[2], et qui sachent bien disputer[3] et montrer

1. ***Théologie*** : étude des questions religieuses.
2. ***Les sept arts libéraux*** : la grammaire, la logique, la rhétorique, l'arithmétique, la géométrie, la musique et l'astronomie, disciplines qui regroupent l'ensemble des connaissances de l'époque médiévale.
3. ***Disputer*** : soutenir un débat, argumenter.

clairement aux idolâtres[1] et aux gens qui vivent autrement, par force arguments, que la loi du Christ était la meilleure et que toutes les autres religions sont mauvaises et fausses, et s'ils prouvaient cela, il deviendrait, avec tout son empire, chrétien et vassal de l'Église. Il les chargea encore de lui apporter de l'huile de la lampe qui brûle sur le sépulcre de notre Seigneur[2] à Jérusalem. […]

8
Retour vers l'Occident

Quand le seigneur les eut chargés de tous ces messages, il leur fit donner une tablette d'or, sur laquelle était écrit que les trois envoyés, dans tous les pays qu'ils traverseraient, devaient recevoir toutes les choses dont ils auraient besoin : des chevaux et des hommes pour leur sécurité et tout ce qu'ils voudraient. Et quand ils eurent bien préparé ce dont ils avaient besoin « les trois ambassadeurs » prirent congé du seigneur et partirent.

Quand ils eurent chevauché je ne sais combien de journées, le baron tartare tomba malade, de sorte qu'il ne put plus monter à cheval et qu'il resta dans une ville : il fut si accablé par la maladie qu'il ne put aller plus avant. Alors les deux frères jugèrent bon de le laisser là et d'accomplir leur mission ; ils se remirent en route. Et, partout où ils allaient,

1. ***Idolâtres*** : ceux qui adorent des idoles, de faux dieux ; c'est ainsi que Marco Polo, chrétien, désigne les adeptes des religions autres que le christianisme ou l'islam.
2. ***Le sépulcre de notre Seigneur*** : le tombeau du Christ qui se trouve à Jérusalem, également désigné comme le Saint Sépulcre.

je vous le certifie, on les servait et on les honorait comme il le fallait, et selon leurs ordres. Et ils obtenaient cela grâce à la « tablette de commandement » du seigneur, qui était en leur possession. Ainsi, ils chevauchèrent tant durant leur voyage qu'ils arrivèrent à Layas [1] en Arménie. Et je vous dis que leur voyage jusqu'à Layas dura trois ans. Et il en fut ainsi car ils ne purent pas toujours aller à cheval à cause du mauvais temps, de la neige et des pluies qui étaient parfois très abondantes, et à cause des grandes crues qu'ils trouvaient et qu'ils ne pouvaient passer.

9
Un fils de quinze ans

Puis ils partirent de Layas et allèrent à Acre [2], et ils y arrivèrent en avril 1260 mais ils découvrirent que le Pape était mort. Et quand ils virent que le Pape était mort ils allèrent voir un sage homme d'Église qui était légat [3] de tout le Proche-Orient et avait une grande autorité ; il se nommait Tebaldo de Plaisance. Ils lui dirent le sujet de leur ambassade. Et quand le légat eut entendu cela il s'en émerveilla et il lui sembla que c'était un grand bien et un grand honneur pour toute la chrétienté. Ainsi répondit-il aux deux frères chargés des messages : « Seigneurs, vous voyez bien que le Pape est mort ; et pour cela il vous faudra attendre un

1. ***Layas*** : aujourd'hui Paias, port de la Turquie d'Asie, sur le golfe d'Alexandrette.
2. ***Acre*** : autre nom de Saint-Jean-d'Acre ; aujourd'hui Akko, en Israël.
3. ***Légat*** : ambassadeur du pape.

nouveau Pape. Et quand il sera choisi vous pourrez transmettre vos messages. » Ils virent bien que le légat leur disait vrai, de sorte qu'ils dirent : « Pendant qu'on choisira un Pape, nous pourrons bien aller à Venise pour voir nos logis. » Ainsi, ils partirent d'Acre et allèrent en Eubée[1] et de là ils naviguèrent tant qu'ils arrivèrent à Venise. Et quand ils furent arrivés à Venise, Messire Nicolas découvrit que sa femme était morte et qu'il lui était resté, de sa femme, un fils de quinze ans, du nom de Marco, de qui ce livre parle. Les deux frères restèrent deux ans à Venise en attendant qu'un Pape fût choisi.

10

Nicolas, Mafeo et Marco partent pour la Terre sainte

Quand les deux frères eurent attendu comme vous l'avez entendu, voyant qu'on ne faisait personne Pape, ils se dirent qu'ils avaient assez tardé désormais à retourner auprès du grand Khan. Ils partirent donc de Venise et emmenèrent Marco. Ils s'en retournèrent directement à Acre et là ils trouvèrent ledit légat. Ils discutèrent beaucoup avec lui de ce fait et lui demandèrent la permission d'aller à Jérusalem pour avoir de l'huile de la lampe du Saint Sépulcre[2], pour l'emporter avec eux au grand Khan, comme il le leur avait commandé. Le légat leur donna la permission.

---

1. ***Eubée*** : île grecque.
2. ***Saint Sépulcre*** : voir note 2, p. 31.

[Ils vont donc chercher l'huile sainte, reviennent ensuite à Acre, d'où ils décident de repartir pour retourner auprès du grand Khan munis d'une lettre du légat expliquant que l'ambassade était impossible faute de Pape.]

11
Faux départ

Quand les deux frères eurent la lettre du Légat, ils partirent d'Acre pour retourner auprès du grand Khan, et allèrent à Layas. Et quand ils furent arrivés là, il ne se passa guère de temps que ce légat dont nous avons parlé, fut élu Pape à Acre. Il s'appelait « Pape Grégoire de Plaisance ». Les deux frères s'en réjouirent fort. Et sur ce leur arriva à Layas, de la part du légat, qui était le Pape, un envoyé qui leur dit de la part du Pape qu'ils n'aillent pas plus loin, mais au contraire qu'ils retournent à Acre avec lui maintenant.

[Les marchands reviennent donc à Acre et repartent comme ambassadeurs officiels du Pape auprès du grand Khan, accompagnés de deux savants hommes d'Église qui retourneront bien vite à Acre devant les dangers du voyage.]

12
Sur les routes de l'Asie

Les deux frères et Marco avec eux se mirent donc en route et ils chevauchèrent tant, hiver comme été, qu'ils arrivèrent auprès du grand Khan, qui se trouvait alors dans une cité du nom de Chang-Tou[1], qui était riche et grande. Et de ce qu'ils découvrirent en chemin, à l'aller et au retour, nous ne vous en ferons pas mention maintenant, parce que nous vous le raconterons plus loin, dans ce livre, très clairement et méthodiquement. Et ils passèrent bien trois ans et demi à revenir, et cela en raison du mauvais temps qu'ils eurent et des grands froids. Mais sachez, en vérité, que quand le grand Khan sut que Messire Nicolas et Messire Mafeo Polo, ses envoyés, revenaient, il envoya ses messagers à leur rencontre à bien quarante journées et on les servit et les honora en chemin, à l'aller et au retour, autant qu'ils pouvaient le demander.

13
Marco est présenté à Kubilaï

Que vous dire ? Quand les deux frères et Marco furent arrivés dans cette grande cité, ils allèrent au palais principal, dans lequel ils trouvèrent le Seigneur entouré d'une compagnie nombreuse de barons. Ils s'agenouillèrent devant lui et se prosternèrent tant qu'ils purent. Le Seigneur les fit se relever et les reçut avec de grands honneurs. Et il se réjouit fort et leur fit grande fête. Il leur demanda comment ils allaient et ce qu'ils avaient fait depuis leur départ.

Ceux-ci répondirent que tout s'était bien passé puisqu'ils le retrouvaient en très bonne santé. Alors ils lui présentèrent les privilèges et les lettres qu'ils tenaient du Pape dont il

---

1. ***Chang-Tou*** : ville de Mongolie, au nord de la grande muraille, à soixante-dix lieues (environ 400 km) de Pékin, décrite au chapitre 31.

conçut une très grande joie. Puis ils lui donnèrent la sainte huile du sépulcre et il en fut très heureux et l'apprécia beaucoup. Et quand il vit Marco qui était un jeune homme il demanda qui il était. « Sire, dit son père Messire Nicolas, il est mon fils et votre homme. » « Qu'il soit bienvenu », dit le Seigneur. Et pourquoi ferais-je un long récit ? Sachez qu'il y eut à la cour du Seigneur une très grande fête pour leur arrivée et qu'ils étaient servis et honorés par tous. Et ils restèrent à la cour avec les autres barons.

14
Marco, messager de Kubilaï

Il arriva que Marco, le fils de Messire Nicolas, apprit si bien les coutumes des Tartares, leurs langues, leurs écritures et leur façon de tirer à l'arc que c'était une merveille. Car sachez-le, en vérité, il sut en peu de temps plusieurs langues et sut quatre de leurs écritures. Il était savant et avisé en toutes choses, si bien que, pour cette raison, le Seigneur lui voulait beaucoup de bien. Aussi quand le Seigneur vit qu'il était si savant et qu'il avait si belles et bonnes manières, il l'envoya comme messager dans une contrée pour laquelle il y avait bien six mois de route. Le jeune homme accomplit bien sa mission, avec sagesse. Et il avait vu et appris plusieurs fois que le Seigneur envoyait ses messagers par diverses parties du monde et que quand ils revenaient ils ne savaient pas lui dire autre chose que ce pour quoi ils y étaient allés ; aussi les tenait-il pour stupides et ignorants. Et il leur disait : « J'aimerais mieux entendre de nouvelles choses et les coutumes des diverses contrées que ce pourquoi tu y es allé. » Car il se délectait à entendre des choses étranges, si bien que, pour cette raison, à l'aller et au retour, [Marco] s'appliqua à apprendre diverses choses, selon les contrées, pour qu'il puisse, à son retour, les dire au grand Khan.

15
« Messire Marco Polo »

Quand Marco fut revenu de sa mission, il se présenta devant le Seigneur et lui fit son rapport sur le but de sa mission et sur la manière dont il l'avait menée à bien. Puis il lui conta toutes les nouveautés et toutes les choses étranges qu'il avait vues et qu'il avait apprises, en un récit plein de sagesse. De sorte que le Seigneur et tous ceux qui l'entendirent s'émerveillèrent et dirent : « si ce jeune homme vit, il ne peut manquer d'être un homme avisé et de grande valeur ». Et pour cette raison, depuis lors, il fut appelé : « Messire Marco Polo » et ainsi le nommera désormais notre livre car c'est justice.

Après cela, Messire Marco Polo demeura dans l'entourage du Seigneur pendant bien dix-sept ans ; toutefois il allait deçà et delà comme messager, dans les diverses contrées où le Seigneur l'envoyait. Et lui, en homme sage et qui connaissait le caractère du Seigneur, se donnait beaucoup de peine pour apprendre et entendre toutes les choses dont il pensait qu'elles pouvaient plaire au grand Khan. Ainsi, à son retour, il contait tout, avec méthode, de telle sorte que, pour cela, il plaisait au Seigneur qui l'aimait beaucoup. Et pour cette raison il l'envoyait le plus souvent dans toutes ses grandes missions, à la fois importantes et les plus lointaines. Il les accomplissait toujours bien et avec sagesse, Dieu merci ! Aussi le Seigneur l'aima-t-il beaucoup et il lui faisait de grands honneurs et le gardait si près de lui que plusieurs barons en étaient très jaloux. Et ce fut à cause de cela que Messire Marco Polo connut et vit diverses contrées du monde, plus que nul autre homme. Et surtout il s'appliquait à apprendre, à observer et à enquêter pour raconter au grand Seigneur.

16
Dix-sept ans plus tard

Quand les deux frères et Marco eurent demeuré avec le Seigneur aussi longtemps qu'on vous l'a dit, ils délibérèrent entre eux de retourner dans leur pays, car il en était désormais bien temps. Ils demandèrent plusieurs fois congé au Seigneur et le prièrent avec douceur ; mais il les aimait tant et les gardait si volontiers à ses côtés qu'il ne voulait leur donner congé pour rien au monde.

[Finalement le grand Khan les laisse partir pour escorter la fiancée du Seigneur du Levant et les trois barons qui l'accompagnent, car les connaissances de Marco sur la navigation dans l'océan Indien leur permettront de rentrer par voie maritime.]

17
Retour à Venise

Et quand le Seigneur vit que les deux frères et Messire Marco allaient partir, il les fit venir tous les trois devant lui et leur donna deux tablettes d'or de commandement pour qu'ils fussent libres de leurs mouvements dans tout son royaume et que là où ils iraient ils aient des provisions pour eux et toute leur suite, de tout, autant qu'ils pourraient le commander. Et il les chargea de messages pour le Pape, pour le Roi de France, pour le Roi d'Angleterre, pour le Roi d'Espagne et pour les autres Rois de la chrétienté. Puis il leur fit équiper treize nefs[1] qui avaient chacune quatre mâts et avançaient souvent à douze voiles. [...]

Et quand les nefs furent prêtes, les trois barons et la dame, les deux frères et Messire Marco, prirent congé du grand Khan et se rassemblèrent dans leur nef, avec beaucoup de gens et les moyens de subsistance donnés par le Seigneur pour deux ans. Ils prirent la mer et naviguèrent bien trois mois jusqu'à ce qu'ils arrivent à une île qui est au sud et se nomme Java ; île dans laquelle il y a maintes merveilles que nous vous raconterons plus loin en détail. Puis ils partirent de cette île et naviguèrent sur l'océan Indien pendant bien dix-huit mois, avant qu'ils arrivent là où ils allaient. Et ils trouvèrent maintes choses merveilleuses que nous raconterons plus loin. [...] Sachez bien aussi que

1. ***Nef*** : bateau.

quand ils entrèrent en mer ils étaient bien six cents personnes, sans les marins. Tous moururent et huit seulement en réchappèrent. [...]

Quand les deux frères et Messire Marco eurent accompli leur mission, et fait tout ce que le grand Seigneur leur avait recommandé pour la dame, ils prirent congé, s'en allèrent et se mirent en route. Mais avant qu'ils partent, Cocacin, la dame, leur donna quatre tablettes d'or de commandement : deux avec gerfaut [1], une avec lion et la dernière unie, qui disaient dans leur écriture que ces trois messagers soient honorés et servis dans tout son royaume comme elle-même, et qu'on leur donne chevaux, provisions et toute escorte nécessaire. Et certes il en fut ainsi. Car ils eurent, à travers tout son royaume, tout ce dont ils avaient besoin, et en quantité. Car je vous dirai à coup sûr que maintes fois on leur donnait deux cents hommes à cheval, plus ou moins, selon ce dont ils avaient besoin pour voyager en sécurité. Et que vous dirai-je ? Quand ils furent partis, ils chevauchèrent tant à chaque étape qu'ils arrivèrent à Trébizonde [2] puis allèrent à Constantinople et de Constantinople à Eubée et d'Eubée à Venise. Et ce fut en 1295 de l'incarnation du Christ.

Maintenant que je vous ai raconté tout ce *Prologue*, comme vous l'avez entendu, je vais commencer le livre de la description des diverses choses que Messire Marco découvrit.

---

1. ***Gerfaut*** : oiseau rapace de grande taille.
2. ***Trébizonde*** : port de la mer Noire, aujourd'hui Trabzon en Turquie.

Les Merveilles de l'Orient

18
Bagdad

Bagdad [1] est une grande cité dans laquelle se trouvait le Calife [2] de tous les musulmans du monde, comme se trouve à Rome le siège du Pape des Chrétiens. Et au milieu de la cité court un très grand fleuve [3] par lequel on peut aller à l'océan Indien, qui est à dix-sept journées de Bagdad, si bien qu'une grande quantité de marchands y vont et viennent avec leurs marchandises et arrivent dans une cité nommée Kich [4] et de là ils entrent dans l'océan Indien. Il y a aussi sur le fleuve entre Bagdad et Kich une grande cité qui s'appelle Bassorah [5]. Et autour de cette cité, dans les bois, poussent les meilleures dattes du monde. À Bagdad on travaille de maintes façons des draps de soie et d'or : ce sont *nasich*, *nac* et *cramoisi*, et maints autres draps de très belle façon. Elle

---

1. ***Bagdad*** : aujourd'hui capitale de l'Irak.
2. ***Calife*** : souverain musulman successeur de Mahomet.
3. ***Un très grand fleuve*** : il s'agit du Tigre.
4. ***Kich*** : aujourd'hui en Iran.
5. ***Bassorah*** : aujourd'hui en Irak.

est la plus noble cité et la plus grande qui soit dans toutes ces régions.

Un jour, en 1255, le Seigneur des Tartares du Levant, du nom d'Hulegu, qui était le frère du grand Khan qui règne en ce moment, assembla une grande armée, marcha sur Bagdad et la prit par la force. Et ce fut un grand événement car il y avait à Bagdad plus de cent mille cavaliers, sans compter les hommes à pied. Quand il l'eut prise il trouva que le Calife avait une tour pleine d'or et d'argent, et d'autres trésors : c'était la plus grande quantité de richesses qu'on eût jamais vue ensemble en un lieu. Quant il vit ce grand trésor amassé il s'en émerveilla. Il demanda le Calife, le fit venir devant lui et lui dit : « Calife, dis-moi, pourquoi avais-tu amassé un si grand trésor ? Que devais-tu en faire ? Ne savais-tu que j'étais ton ennemi et que je marchais contre toi avec une armée assez grande pour te dépouiller ? Pourquoi n'as-tu pas pris ton bien pour le donner aux chevaliers et aux soldats mercenaires[1] pour qu'ils te défendent avec ta cité ? »

Le Calife ne sut que répondre et ne dit mot. Alors le Seigneur lui dit : « Eh bien, Calife, puisque je vois que tu as tant aimé ton trésor, je veux te le donner à manger pour qu'il soit bien à toi. » Alors il le fit prendre et mettre dans la tour du trésor et commanda qu'on ne lui donnât rien à manger ni à boire et il lui dit : « Eh, Calife, mange autant de ton trésor que tu voudras puisqu'il te plaisait tant ; car jamais tu ne mangeras autre chose que ce trésor. »

Il demeura là quatre jours et mourut prisonnier. Ainsi, il aurait mieux valu pour le Calife donner son trésor et le

1. ***Mercenaires*** : qui sont payés pour se battre.

partager avec les hommes qui auraient défendu son royaume et ses gens, qu'être pris, dépouillé et tué, comme ce fut le cas. Et depuis lors il n'y eut depuis nul Calife ni à Bagdad, ni dans aucun autre lieu.

Maintenant je veux vous raconter un très grand miracle qui se produisit à Bagdad et que Dieu fit pour les Chrétiens.

19
Le miracle de la montagne de Bagdad

Cela se passa vraiment entre Bagdad et Mossoul[1], alors qu'il y avait à Bagdad un Calife, en 1255, qui haïssait beaucoup les Chrétiens et qui, jour et nuit, pensait à la manière de convertir à sa religion les Chrétiens qui étaient en son royaume, ou sinon, les faire mourir. Et il prenait souvent conseil à ce sujet auprès des prêtres de sa loi, car tous leur voulaient aussi beaucoup de mal. Et il est vrai que tous les musulmans du monde voulaient toujours beaucoup de mal à tous les Chrétiens du monde.

Or il arriva que le Calife avec ses sages prêtres trouvèrent un passage en notre évangile, comme je vais vous le dire, qui dit que s'il existait un Chrétien qui eût de la foi gros comme un grain de moutarde, et qu'il dît à une montagne de se soulever, elle se soulèverait[2]. Et certes, c'est la vérité. Quand ils eurent trouvé ce passage ils s'en réjouirent fort car c'était bien l'occasion de les convertir tous à leur religion ou de les faire tous mourir. Ainsi le Calife fit venir

1. ***Mossoul*** : aujourd'hui en Irak.
2. Dans la Bible, Évangile selon Matthieu, 17, 19.

tous les Chrétiens de son royaume qui étaient très nombreux. Et quand ils furent arrivés devant lui il leur montra cet évangile et leur fit lire le passage qu'il contient dont je vous ai parlé. Et quand ils l'eurent lu, il leur demanda si c'était vrai. Les Chrétiens répondirent que vraiment c'était ainsi. « Eh bien, puisque vous dites, dit le Calife, que c'est vrai, je vous propose donc cela, car il doit bien y avoir parmi vous cette petite quantité de foi : ou vous ferez remuer cette montagne que vous voyez là (et il leur montra du doigt celle qui était près de là) ou je vous ferai tous mourir d'une mort cruelle. Et si vous voulez échapper à la mort, devenez tous musulmans sous notre bonne loi. Et pour faire cela je vous donne un délai de dix jours. Si à son terme ce n'est pas fait, ou vous mourrez ou vous deviendrez musulmans. » Et quand il leur eut dit ces mots, alors il leur donna congé pour qu'ils aillent réfléchir au moyen d'accomplir cela.

20

Le savetier providentiel

Quand les Chrétiens eurent entendu ce que le Calife leur avait dit, ils eurent très peur, mais ils mirent toute leur espérance en Dieu leur créateur qui les sauverait de ce grand péril. Ils réunirent en conseil tous les sages Chrétiens qui étaient là car il y avait beaucoup d'évêques et de prêtres ; ils ne purent faire autre chose que se tourner vers celui de qui viennent tous les biens, pour que sa pitié les défende des mains du cruel Calife.

Alors ils furent tous ensemble, hommes et femmes, en prière, huit jours et huit nuits. Et au bout de huit jours un évêque qui était très bon chrétien eut la vision « grâce au saint ange du ciel, qu'il fallait s'adresser à un savetier[1] chrétien » qui n'avait qu'un œil et lui demander de faire la prière à Dieu ; dans sa bonté Dieu accomplirait la prière qu'ils avaient faite en raison de la sainteté du savetier.

Je vais vous dire quel homme était ce savetier. Sachez qu'il menait une vie très honnête et chaste, et qu'il ne commettait aucun péché. Chaque jour il allait écouter la messe à l'église et donnait chaque jour à Dieu de ce qu'il gagnait. Et voici la raison pour laquelle il n'avait qu'un œil : il arriva un jour qu'une femme vint chez lui pour faire faire un soulier et qu'elle lui montra son pied pour qu'il prenne sa mesure. Elle avait la jambe très belle et le pied très beau. Il s'accusa violemment en sa conscience de péché. Et, plusieurs fois, il avait entendu dire dans les saints évangiles que si l'œil procurait à la conscience un objet scandaleux, il fallait le retirer hors de la tête aussitôt, avant de pécher. Et il fit ainsi : dès que la femme fut partie il prit l'alêne[2] avec laquelle il cousait et s'en donna un coup dans l'œil, si bien qu'il le creva et perdit ainsi son œil.

Voyez donc s'il était un homme saint, juste et de bonne vie.

---

1. ***Savetier*** : cordonnier.
2. ***Alêne*** : poinçon effilé servant à percer les cuirs.

21
Un vrai saint

[Les chrétiens demandent donc au savetier de faire la prière exigée par le Calife.]

Mais quand il eut entendu ce qu'on lui disait il s'excusa beaucoup, disant qu'il n'était pas aussi bon qu'ils le disaient. Mais ils le prièrent avec tant de douceur qu'il dit qu'il ne tarderait pas à faire ce qu'ils demandaient.

22
Miracle

Quand le terme du délai arriva les Chrétiens se levèrent tous le matin, hommes et femmes, petits et grands, qui étaient plus de cent mille personnes et ils allèrent à l'église entendre la sainte messe. Et quand la messe fut finie ils se mirent tous ensemble en chemin pour aller dans la plaine près de cette montagne, en grande procession, avec la précieuse croix devant eux, avec de grands chants et de nombreuses larmes. Et quand ils furent arrivés là, ils trouvèrent le Calife avec toute son armée de musulmans bien équipés pour les tuer ou les convertir à leur loi ; car ils n'imaginaient pas que Dieu puisse faire cette grâce aux Chrétiens. Les Chrétiens avaient très peur. Mais ils mettaient toujours leur espérance en Dieu, Jésus-Christ.

Alors le savetier reçut la bénédiction de l'évêque et puis se jeta à terre à genoux devant le signe de la sainte croix, tendit ses mains vers le ciel et fit cette prière : « Seigneur Dieu, bon et tout-puissant, je te prie, par ta sainte bonté, fais cette grâce à ce peuple qui est le tien, pour qu'il ne meure pas, et que la foi ne soit pas abattue, ni diminuée, ni méprisée. Non pas que je sois digne de te prier ni de t'adresser une requête. Mais ta puissance et ta miséricorde[1] sont si grandes que tu écouteras cette prière de moi qui suis ton esclave plein de péchés. »

Et quand il eut fait sa prière à Dieu le père souverain par qui toutes grâces sont accomplies, à la vue du Calife et de tous les musulmans et autres gens qui étaient là, la montagne se souleva de son lieu, et alla là où le Calife l'avait exigé. Et quand le Calife et tous les musulmans virent cela ils restèrent tout ébahis et s'émerveillèrent de ce miracle que Dieu avait accompli pour les Chrétiens. Si bien qu'une grande quantité de musulmans devinrent chrétiens et le Calife lui-même se fit baptiser au nom du Père et du Fils et du Saint-Esprit, amen. Il devint chrétien ; mais ce fut en cachette. Car quand il mourut ils trouvèrent une petite croix pendue à son cou de sorte que pour cette raison les musulmans ne voulurent pas l'ensevelir avec les autres Califes mais le mirent à l'écart des autres. Les Chrétiens se réjouirent beaucoup de ce grand et saint miracle, et s'en retournèrent en faisant une très grande fête, rendant grâce à leur créateur de ce qu'il avait fait pour eux. [...]

1. ***Miséricorde*** : pitié.

23
Les rois mages

La Perse[1] est un grand pays qui fut autrefois très noble et très puissant. Mais désormais les Tartares l'ont dévastée et ruinée. En Perse se trouve la cité appelée Saveh d'où partirent les trois rois quand ils vinrent adorer Jésus-Christ. En effet, ils sont ensevelis dans cette cité dans trois tombeaux très grands et très beaux. Et sur chaque tombeau il y a une maison carrée, très bien entretenue, et l'une jouxte l'autre. Les corps sont encore tout entiers et ont des cheveux et de la barbe. L'un se nommait Gaspard, l'autre Melchior et le troisième Balthazar. […]

24
Ormuz

Il est vrai que la plaine dure vers le sud bien cinq journées et puis on trouve une autre descente qui dure bien vingt milles[2] et qui est un chemin mauvais et dangereux, car il y a beaucoup de mauvaises gens et de voleurs. Et quand on a descendu cette vallée on se trouve dans une autre plaine, très belle, qui s'appelle la plaine d'Ormuz[3]. Elle dure deux

1. ***La Perse*** : voir note 2, p. 22.
2. ***Milles*** : ancienne mesure de longueur, qui correspond approximativement à 1,5 km.
3. ***La plaine d'Ormuz*** : actuellement en Iran.

journées de long et il y a de belles rivières. Aussi y a-t-il beaucoup de dattes et d'autres fruits. Il y a encore beaucoup d'espèces d'oiseaux très beaux que nous n'avons pas. Et quand on a chevauché deux journées on trouve l'océan. Sur le rivage il y a une cité appelée Ormuz, qui a un port. Et je vous assure que les marchands y viennent depuis l'Inde avec leurs navires chargés d'épices, de pierreries, d'étoffes de prix et de draps de soie et d'or, de dents d'éléphants et d'autres sortes de nombreuses marchandises. Ils les vendent aux marchands qui, ensuite, les apportent dans l'ensemble du monde, les vendant aux autres marchands. C'est une ville très commerçante. [...]

25
Le Vieux de la Montagne[1]

Moulette est une contrée où le Vieux de la Montagne avait l'habitude de demeurer autrefois. *Mulette* veut dire en français *dieu terrestre*. Je vais vous raconter son histoire selon ce que dit Marco Polo qui l'entendit racontée par de nombreux hommes de cette contrée. Le Vieux était appelé en leur langage Aladin. Il avait fait fortifier entre deux montagnes, en une vallée, le plus grand jardin et le plus beau qui fût jamais vu, plein de tous les fruits du monde. Et il y

1. Le Vieux de la Montagne a véritablement existé. Il s'appelait Hassan Sabbah et dirigeait la secte des Assassins, dont le siège principal était la forteresse d'Alamout, dans l'Elbourz. Ils furent célèbres en raison des meurtres qu'ils commirent. Le nom d'Assassins vient de la déformation de Hachischins, car le chef de la secte droguait ses hommes avec une boisson au hachisch.

avait là les plus belles maisons et les plus beaux palais qu'on eût jamais vus, tout dorés et décorés de très beaux motifs. Il y avait des conduits où couraient en abondance vin, lait, miel et eau. Et le jardin était plein des dames et des demoiselles les plus belles du monde, qui savaient jouer de tous les instruments et très bien chanter ; et elles dansaient si bien que c'était un délice de voir cela. Et le Vieux laissait entendre que ce jardin était le paradis. Et pour cela il l'avait fait à la manière dont Mahomet dit que leur paradis sera : fait de beaux jardins, pleins de conduits de vin, de lait, de miel et d'eau et qu'il sera plein de belles femmes pour les délices de chacun à la manière de celui du Vieux. C'est pourquoi ils croyaient que c'était le paradis. En ce jardin n'entrait personne d'autre que ceux dont il voulait faire ses assassins. Il y avait à l'entrée de ce jardin un château si bien fortifié que personne n'aurait pu le prendre et on ne pouvait entrer au jardin que par là. Le Vieux composait sa cour de jeunes adolescents de douze ans, de sa contrée, qui voulaient être hommes d'armes et il leur disait comment Mahomet décrivait leur paradis comme je vous l'ai dit ; ainsi le croyaient-ils comme les musulmans le font. Le Vieux les faisait mettre dans ce jardin par dix et par six et par quatre ensemble, de cette manière : car il leur faisait boire un breuvage qui les endormait immédiatement ; puis il les faisait prendre et transporter dans son jardin. Quand ils s'éveillaient ils se trouvaient là.

26
Le paradis des Assassins

Quand ils se trouvent à l'intérieur et qu'ils se voient dans un si beau lieu, ils croient être vraiment au paradis. Les dames et les demoiselles leur donnent du plaisir chaque jour à volonté si bien que les jeunes gens ont ce qu'ils veulent et jamais ils ne voudront sortir de là. Le seigneur, le Vieux, dont je vous ai parlé, tient ainsi noble et grande cour et fait croire à ces gens simples, qui l'entourent, qu'il est un grand prophète. Et ils le croient avec certitude. Quand il veut avoir un des Assassins pour l'envoyer quelque part, il fait donner du breuvage à l'un de ceux qui sont dans ce jardin, et il le fait transporter dans son palais. Et quand il est réveillé il se trouve hors de son paradis dans ce château, ce dont il s'émerveille et dont il ne se réjouit pas beaucoup. Le Vieux le fait venir devant lui et se prosterner comme devant quelqu'un dont ils croient vraiment qu'il est un prophète. Il leur demande d'où ils viennent. Ils disent qu'ils viennent du paradis et qu'il est tel que Mahomet le dit selon leur dogme. Et les autres qui entendent cela et ne l'ont pas vu ont un grand désir d'y aller.

Et quand il veut faire tuer un grand Seigneur, il leur dit : « Allez et tuez telle personne, et quand vous reviendrez je vous ferai porter par mes anges au paradis. Et si vous mourez je commanderai à mes anges de vous ramener au paradis. » Voilà ce qu'il leur faisait croire et pour cette raison ils lui obéissaient strictement quel que soit le danger, à cause du grand désir qu'ils avaient de revenir dans son paradis. Et ainsi le Vieux faisait-il tuer tous ceux qu'il leur ordonnait de tuer. Et les seigneurs avaient si peur de lui qu'ils lui payaient tribut pour avoir avec lui paix et amitié.

[Un seigneur tartare nommé Hulegu finit cependant par vaincre le Vieux de la Montagne. Il le tue après avoir, trois années durant, fait le siège de son château.]

27
Les descendants d'Alexandre le Grand

Le Badakhshan[1] est un pays où les gens adorent Mahomet. Ils ont leur langue et c'est un très grand royaume avec monarchie héréditaire. Et tous les gens de ce lignage descendent du roi Alexandre[2] et de la fille du roi Darius qui était roi du grand royaume de Perse. Et tous ces rois s'appellent en arabe Zulcarnaï qui revient à dire en français Alexandre, par amour d'Alexandre le Grand. En ce pays poussent les rubis balais[3] qui sont de belles pierres précieuses de grande valeur. […]

1. ***Badakhshan*** : région située à l'extrême nord de l'Afghanistan actuel.
2. ***Alexandre*** : voir note 2, p. 7.
3. ***Poussent les rubis balais*** : on croyait au Moyen Âge que les pierres poussaient comme les plantes.

28
Le désert de Gobi

Lop est une grande cité qui est à l'entrée du désert qui est appelé le désert de Gobi, et elle est à l'est, nord-est. Cette cité est au grand Khan. Les gens y adorent Mahomet. Et, je vous le dis, ceux qui veulent passer ce désert se reposent dans cette ville une semaine pour se rafraîchir avec leurs bêtes. Puis ils s'équipent et prennent des vivres pour un mois, pour eux et leurs bêtes. Puis ils partent de cette cité et entrent dans le désert. Et il est si étendu qu'on dit qu'en un an on ne le parcourrait pas à cheval d'un bout à l'autre. Là où il est le moins large on met un mois à le traverser. Ce ne sont que monts et vallées de sable et on n'y trouve rien à manger. Mais quand on a chevauché un jour et une nuit on trouve de l'eau douce en quantité suffisante pour cinquante ou cent personnes avec leurs bêtes mais pas plus. À travers tout ce désert on trouve ainsi de l'eau et on en trouve bien sur cet itinéraire en vingt-huit lieux mais pas plus. Et dans quatre lieux on trouve de l'eau amère et mauvaise. Il n'y a pas de bêtes car elles ne trouveraient pas à manger mais on y trouve la chose merveilleuse que je vais vous raconter. Quand on chevauche de nuit par ce désert et qu'on reste en arrière et s'écarte du chemin de ses compagnons pour dormir ou pour autre chose, en voulant retourner et rejoindre la compagnie, il arrive qu'on entende parler des esprits qu'on prend pour ses compagnons. Parfois ils appellent la personne par son nom, si bien que souvent ils lui font perdre son chemin de telle manière qu'elle ne peut trouver ses compagnons. Ainsi certains sont-ils déjà morts ou se sont-ils perdus. Et je vous dis que même de jour on entend parler ces esprits. Et vous entendrez parfois retentir beaucoup d'instruments et en particulier le tambour plus que les autres. C'est ainsi qu'on traverse ce désert comme vous l'avez entendu. [...]

29
Les Mongols

Sachez-le, en vérité, après Gengis Khan [1] qui fut leur premier seigneur, régna Guyuk Khan [2], et le troisième fut Batou Khan [3], le quatrième Hulegu, le cinquième Mongka Khan [4] et le sixième est Kubilaï Khan [5] qui est plus puissant que les cinq autres qui le précédèrent. Car si les cinq autres étaient réunis tous ensemble ils n'auraient pas autant de pouvoir que cet homme. Je dirai même plus : si tous les chrétiens du monde, leurs empereurs et leurs rois étaient réunis ensemble, chrétiens et musulmans n'auraient pas autant de pouvoir et ne pourraient faire ce que peut ce Kubilaï qui est le seigneur de tous les Tartares du monde,

---

1. ***Gengis Khan*** : voir la présentation, p. 10.

2. ***Guyuk Khan*** : petit-fils de Gengis Khan, grand Khan mongol de 1246 à 1248.

3. ***Batou Khan*** : petit-fils de Gengis Khan, premier souverain de la Horde d'Or (1227-1255), territoire qui s'étendait au nord de la mer Noire et de la mer Caspienne ; contrairement à ce qu'affirme Marco Polo, il ne fut pas grand Khan.

4. ***Mongka Khan*** : petit-fils de Gengis Khan, grand Khan de 1251 à 1259.

5. ***Kubilaï Khan*** : voir la présentation, p. 11 et note 3, p. 27.

■ Le Mongol et sa yourte.

ceux de l'est et ceux de l'ouest. Car tous sont ses vassaux et ses sujets. Et je vous montrerai clairement ce grand pouvoir dans notre livre. Sachez aussi que tous les grands Khans et tous ceux qui descendent de leur premier roi Gengis Khan sont transportés et ensevelis dans une montagne qu'on appelle Altaï. Et où que le Seigneur meure, il est transporté et enseveli dans cette montagne, avec les autres. […]

Et voici qui est merveilleux : quand ils portent le corps pour l'ensevelir avec les autres, tous ceux qu'ils trouvent en chemin sont tués par ceux qui escortent le corps. Et ils disent : « Allez servir votre seigneur dans l'autre monde. » Car ils croient vraiment que tous ceux qu'ils tuent doivent aller servir leur seigneur en l'autre monde. Et ils font de même avec les chevaux. […] Je vous assure que quand Mongu Khan mourut, plus de vingt mille personnes furent tuées sur le chemin, comme je vous l'ai dit, au fil des rencontres.

Or puisque nous avons commencé avec les Tartares je vous en dirai autre chose. Les Tartares demeurent l'hiver en plaine et dans les lieux chauds où il y a de l'herbage pour donner en pâture à leurs bêtes. Et l'été ils restent dans les endroits froids, dans les montagnes et les vallées où ils trouvent eau, bocage et pâtures pour leurs bêtes. Ils ont des maisons de branches et les couvrent de cordes ; elles sont rondes et ils les emportent avec eux là où ils vont car ils lient si bien et avec tant d'ordre les branches qu'ils les portent sans peine. Et chaque fois qu'ils dressent et tendent leurs maisons, la porte en est vers le midi. Ils ont des charrettes couvertes de feutre noir de sorte que la pluie ne peut pas du tout y entrer et ils les font tirer et conduire par des bœufs et des chameaux. Et sur les charrettes ils transportent leurs femmes et leurs enfants. Les dames achètent et vendent, et accomplissent toutes les tâches qui concernent leur mari et leur famille. Car les hommes ne s'occupent que de chasse, d'oiseaux, de faucons et d'autours ou de faits d'armes, comme des hommes nobles. Ils vivent de viande, de lait et de gibier et mangent toutes les viandes : cheval, chien, rat et marmottes, car il y en a beaucoup dans les plaines, dans des trous sous terre. Ils boivent du lait de jument et se défendent pour rien au monde de toucher à la femme d'un autre car ils tiennent cela pour un acte mauvais et vil. Les dames sont bonnes et loyales envers leur mari et font très bien ce qui est nécessaire. Et ils font les mariages ainsi : chacun peut prendre jusqu'à cent femmes s'il peut les entretenir. [...] Mais ils tiennent la première femme pour meilleure et plus loyale. Ils ont plus de fils que les autres peuples parce qu'ils ont tant de femmes, comme je vous l'ai dit. [...]

30
L'organisation militaire et les coutumes tartares

Leurs vêtements sont le plus souvent de draps d'or et de draps de soie, fourrés de riches peaux, zibeline, hermine, écureuil, renard très luxueux. Leur équipement militaire est très beau et de très grande valeur. Leurs armes sont des arcs, des javelots, des épées et des masses mais ils se servent plus des arcs que d'autre chose, car ils sont très bons archers, les meilleurs que l'on connaisse au monde. Et sur leur dos ils portent des armures de cuir bouilli qui sont très résistantes. Ils sont bons combattants et font preuve d'une grande vaillance dans les batailles. Et ils sont plus endurants que les autres peuples, car souvent, quand il le faut, ils iront un mois sans porter de vivres et vivront seulement du lait de jument et mangeront le gibier qu'ils chasseront avec des arcs. Et leurs chevaux se nourriront de l'herbe des champs car ils n'ont pas besoin de transporter de l'orge, ni de l'avoine et ils obéissent très bien à leur maître. Quand il le faut, ils restent toute la nuit à cheval tout en armes. Et pendant ce temps leurs chevaux broutent. C'est le peuple du monde qui supporte le mieux les grandes souffrances et les grandes misères et celui qui est le plus économe. C'est le meilleur pour conquérir terres et royaumes. Et on le voit bien, comme vous l'avez entendu et comme vous l'entendrez dans ce livre : car il est certain qu'aujourd'hui ils sont maîtres de la plus grande partie du monde. Ils sont très bien organisés de la manière que voici. Sachez que quand un Seigneur tartare va en guerre il emmène avec lui cent mille hommes à cheval. Il donne un chef à chaque dizaine, à chaque centaine, à chaque millier et à chaque dizaine de milliers de telle sorte qu'il n'a à commander qu'à dix hommes et ces dix hommes n'ont à commander qu'à dix autres. [...]

Quand l'armée se déplace il y a deux cents hommes bien montés à cheval pour guetter deux journées en avant, qui toujours les précèdent. Il y en a aussi derrière, et aux côtés, de l'un et de l'autre côté, de sorte qu'ils font toujours surveiller leur armée de toutes parts pour qu'elle ne soit pas attaquée. Et quand ils vont loin en campagne, ils ne s'équipent que de deux outres de cuir dans lesquelles ils mettent le lait qu'ils boivent, un petit pot de terre pour cuire la viande qu'ils mangent et une petite tente pour s'abriter de la pluie. Et quand il le faut vraiment, ils chevauchent bien dix journées sans vivres et sans faire de feu. Et ils vivent du sang de leurs chevaux : car ils piquent la veine de leur cheval et la font saigner contre leur bouche. Ils en boiront tout leur saoul puis la bouchent. Ils ont aussi du lait séché comme une pâte, qu'ils emportent. Et quand ils veulent le manger ils le mettent dans l'eau et le battent jusqu'à ce qu'il se détrempe puis le boivent. Et quand ils vont à la bataille contre leurs ennemis voici comment ils s'en rendent vainqueurs. Ils n'ont point de honte à s'enfuir et lors de leur fuite ils se tournent çà et là avec une rapidité merveilleuse, mieux que ne ferait un chien. Et ils combattent aussi bien en fuyant que quand ils sont visage à visage, parce qu'en fuyant ils tirent une grande quantité de flèches. Et ils sont de dos pour ceux qui les poursuivent et qui croient avoir gagné la bataille. Alors, quand ils voient qu'ils leur ont tué et blessé leurs bêtes et aussi des hommes, ils se retournent et reviennent tous ensemble à la bataille, si bien et en si bon ordre, avec de si grands cris qu'ils les contraignent immédiatement à la déconfiture, car ils sont très preux[1] au combat et fort endurcis à la fatigue. [...]

Voici un autre de leurs usages : quand quelqu'un a une fille qui meurt avant d'être mariée, et qu'un autre a eu un fils mort avant d'être marié les pères et les mères célèbrent en grandes noces le mariage de l'un avec l'autre. Ils les marient avec un contrat. Et quand ces contrats sont faits, ils les font brûler de manière, disent-ils, à ce que les mariés

1. ***Preux*** : adjectif qui caractérise l'idéal de la chevalerie du Moyen Âge ; courageux.

puissent le savoir dans l'autre monde et qu'ils puissent se considérer comme mari et femme. Et ils se disent parents, à partir de ce moment, comme si les enfants avaient été vivants. Et tout ce qu'ils se mettent d'accord pour donner l'un à l'autre, comme douaire, ils le font écrire sur papier par ceux qui doivent le donner et le font brûler. Ils disent alors que les morts auront toutes ces choses en l'autre monde. [...]

31
Le palais d'été de Chang-Tou

Quand on a chevauché trois journées entre nord-est et nord depuis la cité dont je vous ai parlé ci-dessus[1], on trouve une cité, au bout de ces trois journées, qui se nomme Chang-Tou[2], que le grand Khan qui règne actuellement fit construire. Et il s'y trouve un très beau palais de marbre. L'intérieur de toutes les chambres est peint à l'or d'images et de figures de bêtes, d'oiseaux, d'arbres et de fleurs de plusieurs manières si bien et avec tant de subtilité que c'est un délice et une merveille à voir. Autour de ce palais il y a des murs qui comprennent bien seize milles de terre, dans lesquels il y a des fontaines, des fleuves et des rivières et beaucoup de belles prairies. Et il y a des bêtes sauvages de toutes sortes, qui ne sont pas féroces, que le seigneur emploie et

1. ***La cité dont je vous ai parlé ci-dessus*** : il s'agit de Tchagan-Nor, ville située au nord de Pékin.
2. ***Chang-Tou*** : voir note 1, p. 35.

détient pour donner à manger aux gerfauts[1] et aux faucons qu'il tient là-dedans en cage, qui sont plus de deux cents pour les gerfauts sans compter les faucons. Et lui-même va les voir chaque semaine dans leur cage. Il y va quelquefois à cheval et a derrière lui sur la croupe un léopard. Et quand il voit une bête qui lui plaît, il laisse partir le léopard, la prend et la donne à manger aux oiseaux qui sont en cage. Et il fait cela pour son plaisir.

Il y a aussi dans la prairie un autre palais qui est tout en bambou, comme je vais vous le dire. Il est tout doré à l'intérieur et travaillé avec beaucoup de finesse. Au-dessus les bambous sont si bien enduits de vernis qu'aucune eau ne peut les faire pourrir. Ces bambous ont bien trois paumes[2] de grosseur et dix ou quinze de longueur et on les taille d'un nœud à l'autre en travers. Ce palais est fait de ces copeaux. Et ils rendent bien d'autres services car on en couvre les maisons et on s'en sert pour d'autres travaux. Le palais est construit de manière si ordonnée qu'il se démonte et se monte très vite ; il est constitué de morceaux et on l'emporte facilement là où le seigneur l'ordonne. Quand il est dressé, plus de deux cents cordes, toutes de soie, le soutiennent, et le seigneur demeure là dans cette prairie, tantôt dans le palais de marbre, tantôt dans le palais de bambou, trois mois par an : juin, juillet et août. Et il y reste ces trois mois parce qu'il ne fait pas trop chaud, mais qu'au contraire il fait très frais. […]

Mais je vais vous dire avant de poursuivre une merveille que j'avais oubliée. Sachez, en effet, que quand le Seigneur demeure dans ce lieu trois mois de chaque année et qu'il

1. ***Gerfauts*** : voir note 1, p. 40.

2. ***Paumes*** : unités de mesure équivalant à la hauteur d'un poing fermé.

fait parfois mauvais temps, il a avec lui de savants enchanteurs et astrologues qui sont si savants dans l'art diabolique et dans la magie noire, qu'ils font que sur l'enceinte du palais du seigneur il n'y a nulle nue [1], ni nul mauvais temps au-dessus. Ces hommes savants, qui font cela sont appelés tibétains et cachemiriens, car ils sont de deux peuples différents et sont idolâtres [2]. Car tout ce qu'ils font est œuvre du diable et ils font croire aux autres gens qu'ils le font par sainteté et par inspiration divine. Et ils suivent l'usage que voici. Quand un homme est condamné à mort et qu'il est exécuté par l'autorité seigneuriale, il le prennent, le font cuire et le mangent. Mais s'il était mort de mort naturelle ils ne le mangeraient pas.

Ces deux sortes de gens dont je vous ai parlé font encore cette autre chose merveilleuse : quand le grand Khan est dans sa cité maîtresse, dans son grand palais, sur la table qui est haute de huit coudées, il a devant lui au milieu de la salle, ses coupes pleines de vin ou d'autres bons breuvages épicés selon leurs usages, éloignées de lui d'au moins dix pas [3]. Ces enchanteurs, dont je vous ai parlé, font tant par leurs enchantements que, quand le seigneur a envie de boire, les coupes dont je vous ai parlé se soulèvent de leur place sans que nul ne les touche et s'en vont devant le seigneur. Et cela, chacun de ceux qui sont là peut le voir, c'est-à-dire plus de dix mille personnes. Et cela est vrai, sans aucun mensonge, car les savants de notre pays, qui savent la magie noire, vous diront bien que cela peut se faire. [...]

1. ***Nue*** : nuages, nuée.
2. ***Idolâtres*** : voir note 1, p. 31.
3. ***Pas*** : mesure de distance de la longueur d'un pas.

32
Kubilaï, le seigneur des seigneurs

Maintenant je veux commencer à raconter dans ce livre tous les hauts faits et toutes les grandes merveilles du grand Khan qui règne maintenant, qui est appelé Kubilaï Khan, ce qui veut dire dans notre langue : « le grand seigneur des seigneurs, l'empereur ». Et certes il porte ce nom à bon droit puisque, sachez-le, en vérité c'est l'homme le plus puissant en hommes, terres et trésors, qui ait jamais existé au monde ou qui existe, aujourd'hui ou depuis Adam notre premier père. Et je vais vous montrer très clairement dans notre livre que ce que je vous ai dit est vrai. [...]

33
Portrait de Kubilaï

Voici l'aspect du grand Khan, seigneur des seigneurs, qui est appelé Kubilaï. Il a belle apparence, n'est ni petit ni grand, mais de taille moyenne. Il n'est pas maigre, est d'un bon maintien, et a les membres bien proportionnés. Il a le visage blanc et vermeil, les yeux vairs [1], le nez bien fait et bien placé. Il a quatre femmes qu'il tient toujours pour ses épouses légitimes. Et le fils aîné qu'il a de ces quatre femmes

1. ***Vairs*** : gris-bleu.

doit être naturellement seigneur de l'empire : cela quand le père meurt. Et les quatre femmes sont appelées impératrices, mais chacune a ensuite un autre nom. Et chacune de ces quatre dames tient une très belle cour et très grande, auprès d'elle. Car il n'y en a pas une qui n'ait trois cents demoiselles belles et plaisantes. Et elles ont aussi maints vaillants écuyers et maints autres hommes et femmes, si bien que chacune de ces dames a bien, dans sa cour, dix mille personnes.

Toutes les fois que le seigneur veut coucher avec une de ces quatre femmes, il la fait venir dans sa chambre et parfois il va dans la sienne. Il a aussi maintes amies. [...]

34
Le palais d'hiver de Pékin

Sachez que le grand Khan demeure dans la cité maîtresse du Cathay[1], qui se nomme Pékin, trois mois par an, à savoir, décembre, janvier et février. Dans cette ville il a son grand palais et je vais vous décrire son aspect.

Il y a devant un grand mur carré d'un mille de côté, c'est-à-dire qu'il mesure environ quatre milles. Et c'est exact car il est très grand, et il a bien dix pas de haut et il est tout blanc et crénelé tout autour. Et à chaque coin de ce mur il y a un grand palais très beau et très riche, dans lequel se trouvent les armes du seigneur. Ce sont des arcs, des carquois[2], des

1. ***Cathay*** : ancien nom donné à la Chine. Marco Polo désigne ainsi la Chine du Nord, la Chine du Sud étant appelée le Mangi.
2. ***Carquois*** : étui où l'on range les flèches.

selles, des freins[1], des cordes d'arc et tout ce dont a besoin une armée. Et entre deux palais il y en a un autre semblable à ceux des quatre coins. Si bien qu'autour de l'enceinte il y a huit palais très grands et tous sont remplis de l'armement du seigneur. Mais comprenez que dans chaque palais il n'y a que d'une chose seulement ; car si l'un est tout plein d'arcs, l'autre palais est tout plein de selles et l'autre tout plein de freins. […] Et ce mur a sur son côté sud cinq portes, dont une au milieu qui ne s'ouvre jamais sauf quand le grand armement sort pour aller en guerre. […]

Au milieu de ce côté, du côté sud de ce mur, à un mille à l'intérieur, il y a un autre mur qui est un peu plus long que large. L'enceinte est aussi entourée de huit palais, tout à fait semblables aux huit autres extérieurs, dans lesquels est enfermé aussi l'armement du seigneur comme dans les autres. Et il y a aussi cinq portes sur le côté sud à la manière des autres qui sont dehors. Et puis à chacun des autres coins il y a une porte. Et au milieu de ces deux murs se trouve le grand palais du seigneur qui est fait comme je vais vous le dire.

Sachez qu'il est le plus grand qui soit. Il n'a pas d'étage mais est de plain-pied et le pavement est plus haut que le sol alentour d'au moins dix paumes. Le toit est très haut. Les murs du palais et les chambres sont tout couverts d'or et d'argent. De plus y sont dessinés des dragons, des bêtes, des oiseaux, des chevaliers et les images de plusieurs autres sortes de choses. Et le toit est ainsi fait uniquement d'or, d'argent et de peinture. La salle en est si grande et si large qu'il y mangerait bien six mille personnes. Il y a tant de

1. ***Freins*** : mors de chevaux.

chambres que c'est merveilleux à voir. Il est si grand, si beau et si riche qu'il n'y a homme au monde qui sût le concevoir mieux. Les solives de la couverture[1] sont ainsi toutes de couleur vermeille, jaune, vert, bleu et d'autres couleurs. Elles sont si bien vernissées et avec tant de finesse qu'elles sont resplendissantes comme du cristal, de telle sorte que le palais resplendit de très loin aux alentours. Et sachez que ce toit est si solidement fait qu'il est destiné à durer tout le temps.

Et entre l'un et l'autre mur d'enceinte, comme je vous l'ai dit, il y a de très belles prairies et de beaux arbres fruitiers de diverses espèces. Et il y a des bêtes de nombreuses sortes, comme des cerfs, des daims, des chèvres, des biches, et des écureuils de diverses sortes, et des bêtes qui font du musc[2] en grande abondance ainsi que toutes autres sortes de bêtes très belles et très variées. Et il y en a tant que tout en est plein [...]. Et d'un côté à l'autre il y a un très beau lac dans lequel il y a plusieurs espèces de poissons et en quantité, car le seigneur les y a fait mettre. Et chaque fois qu'il en veut, il en a ainsi à volonté et selon son désir. Et je vous dis aussi qu'un fleuve en sort et y entre mais est si bien maîtrisé qu'un poisson n'en peut sortir, en raison du fil de fer ou d'airain qui ne l'en laisse pas sortir. Il y a aussi au nord, loin du palais, à une portée de flèche environ, un tertre[3] qui est artificiel, qui est bien haut de cent pas, et dure environ un mille, et ce mont est tout plein et tout couvert d'arbres qui ne perdent jamais leurs feuilles mais sont toujours verts. Et je vous assure que là où se

---

1. ***Les solives de la couverture*** : les poutres qui soutiennent le toit.
2. ***Musc*** : substance brune très parfumée sécrétée par un cervidé.
3. ***Tertre*** : monticule, petite butte de terre.

trouve un bel arbre, quand le seigneur l'apprend il l'envoie chercher avec toutes les racines et avec toute la terre qui est autour et il le fait porter et mettre sur le mont. Ce sont ses éléphants qui le portent quelle que soit la taille de l'arbre. Et de cette façon, il a les plus beaux arbres du monde. Et je vous dis encore que le seigneur a fait couvrir tout ce mont de roche de lapis-lazuli[1] qui est vert si bien que les arbres sont tout verts et le mont tout vert, si bien qu'il n'y apparaît autre chose que du vert. Et pour cela il est appelé « le mont vert ». Et assurément il porte bien son nom.

Et sur le mont, à son sommet, il y a un très beau et très grand palais, qui est tout vert dehors et dedans, de telle sorte que le mont, les arbres et le palais sont une chose belle à voir et aux parfums si plaisants que c'est une merveille. Car tous ceux qui voient cela en deviennent contents et joyeux. Et c'est pour cela que le grand Khan l'a fait faire, pour avoir ce beau plaisir, afin qu'il puisse en tirer réconfort, divertissement et joie, dans son cœur.

35
Pékin

Je veux ici vous parler de la grande cité du Cathay, où se trouvent ces palais, pourquoi elle a été construite et comment. Cette cité est appelée Pékin.

Il est vrai qu'il y avait là autrefois une grande et noble cité nommée Cambaluk qui veut dire « la cité du seigneur ».

1. ***Lapis-lazuli*** : pierre fine d'ordinaire réputée pour sa couleur bleu d'azur ou bleu d'outremer.

Et le grand Khan découvrit par ses astrologues que cette cité devait se rebeller et s'opposer fermement à l'empire. Et pour cette raison le grand Khan y fit faire cette cité de Pékin jouxtant l'autre, puisqu'il n'y a qu'un fleuve au milieu. Puis il fit sortir les gens de cette cité et les mit dans la ville qu'il avait construite.

Elle est grande comme je vais vous le dire ; elle a vingt-quatre milles de tour. Car chaque côté du carré a six milles de long ; elle est toute carrée de part et d'autre. Elle est toute murée de murs de terre d'une épaisseur de dix pas mais ils n'ont pas la même taille en haut et en bas car ils vont toujours se rétrécissant, si bien qu'en haut ils ont bien trois pas d'épaisseur et ils sont tout crénelés. Les créneaux sont blancs et ces murs sont haut de plus de dix pas. La ville a douze portes et sur chaque porte il y a un palais très grand et très beau. Et dans ces palais il y a de très grandes salles dans lesquelles sont les armes de ceux qui gardent la cité. Les rues sont si droites qu'on les voit d'un bout à l'autre, car ils ont tant d'ordre qu'une porte se voit de l'autre, à travers les rues de la ville. Il y a dans la cité de beaux palais, de très grandes et belles hôtelleries et de très belles maisons en abondance. Au milieu de la cité il y a un grand palais dans lequel se trouve une cloche qui sonne la nuit. Que personne n'aille par la ville quand elle aura sonné trois fois ; personne n'ose donc s'y déplacer sinon pour aider une femme à accoucher ou des gens malades. Et ceux qui se déplacent doivent porter une lumière avec eux. Et il est ordonné que chaque porte de la cité soit gardée de mille hommes armés. Ne pensez pas qu'ils la gardent par peur de quelqu'un mais ils le font pour servir de garde d'honneur au seigneur qui s'y trouve. [...]

36
Les fastes de la cour

Quand le grand Khan donne un banquet pour quelque réunion solennelle que ce soit, voici comment il s'installe. Sa table est beaucoup plus haute que les autres. Il s'assoit du côté nord de telle sorte que son visage est tourné vers le midi et sa première femme s'assied à côté de lui à gauche. Et à droite, bien que plus bas, s'assoient ses fils et ses neveux et ses parents, les gens de lignée impériale. Et ils sont si bas que leur tête arrive aux pieds du grand seigneur. Et les autres barons s'assoient aux autres tables qui sont plus basses. Et c'est la même chose pour les femmes. [...] Car chacun siège à la place qui lui est assignée par le seigneur. Les tables sont disposées de telle façon que le seigneur peut toutes les voir d'un bout à l'autre, et il y en a une très grande quantité. À l'extérieur de cette salle viennent plus de quarante mille hommes car beaucoup de gens viennent apporter au seigneur de nombreux présents. Et ce sont des gens de pays étrangers qui lui apportent des choses de l'étranger.

À un endroit de cette salle dans laquelle le grand Khan donne son banquet se trouve un grand vase d'or fin qui contient bien autant de vin qu'un tonneau. Et à un coin de ce vase il y en a un plus petit si bien que le vin du grand arrive dans les petits qui sont autour, remplis aussi de bons breuvages finement épicés et de grande valeur. Et on tire le vin de là avec de grandes coupes vernies et dorées à l'or fin qui sont assez grandes pour donner à boire à dix personnes. Et on met cette coupe vernie entre deux personnes et puis deux autres petites coupes d'or à anses si bien que chacun prend du vin dans la coupe vernie qui est entre deux convives. Les dames ont aussi les leur. Et sachez que ces coupes valent une fortune. Et le grand Khan a une si grande quantité de cette vaisselle et d'autres pièces en or et en argent qu'il n'est personne qui à l'entendre puisse le croire sans le voir.

Et sachez que ceux qui font le service des plats et des boissons au grand Khan sont plusieurs grands barons. Et ils ont la bouche couverte, ainsi que le nez, avec de belles serviettes d'or et de soie pour que ni leur haleine ni leur odeur ne pénètre dans les plats ni dans les boissons du grand seigneur. Et quand le seigneur doit boire, tous les instruments qu'il a – et il en a une grande quantité de toutes sortes – commencent à résonner. Et quand il tient la coupe à la main, tous les barons, et tous les gens présents, s'agenouillent et font des signes de grande humilité. Alors le grand seigneur boit et chaque fois qu'il boit on fait comme vous venez de l'entendre.

Je ne vous parlerai point des plats car chacun doit croire qu'il y en a de toutes sortes en grande abondance. Sachez encore que tous les barons et tous les chevaliers qui mangent là, mangent aussi avec leur femme. Et quand tous ont mangé et que les tables sont enlevées arrivent dans la salle devant le seigneur et devant tous les autres une grande quantité de jongleurs et de danseurs de grande expérience, et tous donnent un grand divertissement et une grande fête devant lui et devant chacun, si bien que chacun rit, se réjouit et se délasse. Et quand tout cela est fini, les gens s'en vont et chacun rentre chez soi.

37
L'anniversaire du grand Khan

Sachez aussi que les Tartares font une fête chaque année pour leur anniversaire. Et le grand Khan est né le vingt-huitième jour de la lune du mois de septembre, de sorte que ce jour de la lune du mois de septembre a lieu la plus grande fête de toute l'année, à l'exception de celle qu'ils font au début de l'année, comme je vais vous le raconter ensuite.

Sachez donc que le jour de son anniversaire le grand Khan revêt ses meilleurs habits de drap d'or. Et douze mille barons et chevaliers revêtent ce même jour des habits de même couleur et tout à fait semblables à ceux du grand seigneur. Ils ne sont pas si précieux mais ils sont d'une même couleur et tous de drap de soie d'or. Et encore, chacun de ceux qui sont ainsi vêtus a une ceinture en or et c'est le seigneur qui leur donne ces vêtements. Et je vous dis que certains de ces vêtements sont couverts de tant de perles et de pierres qu'ils valent bien dix mille besants[1] d'or. Et il y a plusieurs vêtements de ce genre. Car sachez que le grand Khan, treize fois l'an, donne à chacun de ses douze mille barons et chevaliers des vêtements de ce genre. Et à chaque fois il s'habille de la même couleur qu'eux, de sorte qu'à chaque fois la couleur est différente de la précédente. Et

1. ***Besant*** : monnaie byzantine répandue en Occident à l'époque de Marco Polo.

vous pouvez voir ici, à l'ampleur de la chose, qu'il n'y a nul seigneur au monde qui pourrait en faire et en payer autant, excepté lui.

Et ce même jour de son anniversaire, tous les Tartares du monde et toutes les régions et provinces sur qui il règne lui font de grands présents, en proportion de leur capacité, et fixés à l'avance. Beaucoup d'autres gens viennent avec de grands présents pour demander chacun une grâce au seigneur. Le grand seigneur a choisi douze barons qui sont chargés de donner à chacun ce qui leur semble convenir. Et encore ce jour tous les idolâtres, tous les musulmans, tous les chrétiens et tous les autres peuples font de grandes prières, chacun pour son dieu avec force chants, lumière et encens, pour qu'il sauve leur seigneur et lui donne longue vie, joie et santé. Et voilà donc, comme je vous le raconte, comment dure la joyeuse fête de son anniversaire. [...]

38
Migration printanière

[...] Quand le seigneur demeure dans la capitale, que je vous ai nommée ci-dessus, nous sommes au mois de décembre, janvier et février. Il part de la cité le premier jour de mars et va vers le midi jusqu'à la mer océane à deux journées. Il emmène avec lui bien dix mille fauconniers[1] et emporte bien cinq cents gerfauts[2] et faucons pèlerins et sacres, et d'autres espèces, en grande abondance, ainsi que

1. ***Fauconniers*** : dresseurs de faucons ou d'oiseaux de proie.
2. ***Gerfauts*** : voir note 1, p. 40.

suffisamment d'autours[1] pour chasser le gibier d'eau. Mais ne pensez pas qu'ils les garde tous avec lui en un lieu, au contraire il les répartit çà et là en groupes de cent ou deux cents ou plus, comme bon leur semble. [...] Les hommes font ainsi : ils restent deux par deux çà et là si bien qu'ils couvrent une grande étendue.

39
Plaisirs printaniers

Et chacun a un sifflet et un chaperon pour pouvoir appeler et garder les oiseaux. Et quand le seigneur fait partir ses oiseaux, ceux qui les font partir n'ont pas besoin d'aller à leur suite parce que les hommes dont je vous ai parlé, qui sont éparpillés, les surveillent si bien qu'ils ne peuvent aller nulle part sans que ces hommes leur courent après. Et si les oiseaux ont besoin d'aide ils les secourent immédiatement.

Et tous les oiseaux du seigneur ont chacun une petite tablette à la patte pour être identifiés, de même tous ceux des barons ; sur cette tablette est écrit le nom du propriétaire de chacun et de celui qui s'en occupe. Et de cette manière l'oiseau est identifié dès qu'il est pris et est rendu à son propriétaire. [...]

En voyageant sur cette route qui va droit à l'Océan, qui dure deux journées depuis la capitale Pékin, comme je vous l'ai dit, on peut voir de très belles choses et de très beaux oiseaux en grande abondance, de sorte qu'il n'y a plaisir au

1. ***Autours*** : oiseau rapace voisin de l'épervier.

monde qui vaille celui-là. Le grand Seigneur voyage sur quatre éléphants, sur lesquels il a fait une très belle chambre en bois, qui est, à l'intérieur toute couverte de drap d'or, et à l'extérieur elle est couverte de peaux de lions. Et il garde toujours avec lui à l'intérieur douze des meilleurs gerfauts qu'il ait. Et plusieurs barons se trouvent avec lui qui lui tiennent compagnie. Et parfois en chemin, pendant que le seigneur dans sa chambre parle à ses barons, qui chevauchent à ses côtés, tout près, ils lui disent : « Sire, des grues [1] passent ! » Et il fait aussitôt enlever le toit de sa chambre et il les voit. Il prend un gerfaut de son choix et le laisse s'envoler ; il les prend et les abat devant lui si bien que c'est un très grand plaisir et une très grande joie, pour lui tout en restant assis dans sa chambre, calé dans son lit, et pour tous les barons qui l'entourent aussi. Ainsi, je vous assure que vraiment jamais on n'a vu, ni ne verra, à mon sens, de distraction ni de plaisir si grands au monde que ceux du grand Khan, ni personne qui ait autant le pouvoir de les obtenir.

Et quand il a ainsi tant cheminé qu'il est arrivé à un endroit qui est Cacciar Modun, il y trouve ses pavillons tendus, ceux de ses fils, de ses barons et de ses amies, et des leurs qui sont bien dix mille beaux et riches pavillons. Et je vais vous décrire comment est fait son pavillon. La tente dans laquelle il tient sa cour est si grande qu'on mettrait dessous bien dix mille personnes à leur aise. Cette tente a sa porte au sud ; dans cette salle demeurent les barons et les chevaliers et dans une autre qui est attenante,

1. ***Grues*** : oiseaux de la famille des échassiers.

qui est tournée vers l'ouest, demeure le seigneur. Quand il veut parler à quelqu'un il l'envoie chercher et ramener là.

Derrière la grande salle il y a une chambre dans laquelle dort le seigneur. Et il y a encore d'autres tentes et chambres mais qui ne sont pas attenantes avec la grande. Voici comment sont faites ces deux salles et la chambre dans laquelle il dort.

Chaque salle a trois colonnes de bois dont les morceaux sont habilement recouverts de beau cuir de lion, rayé de noir, de blanc et de vermeil, si bien que la pluie ni le vent ne peuvent les abîmer. Ces deux grandes salles et la chambre dans laquelle il dort, dont je vous ai parlé sont aussi toutes recouvertes à l'extérieur de peaux de lions rayées, comme il est dit au-dessus, qui résiste aux intempéries. Et à l'intérieur elles sont fourrées d'hermine et de zibeline ; car ce sont les deux fourrures qui ont le plus de prix et sont les plus belles. En effet, une fourrure de zibeline vaudrait bien pour un habit, deux mille livres d'or, ou au moins mille. Et les Tartares l'appellent la reine des fourrures. Elles sont donc doublées de ces fourrures, taillées avec tant d'habileté que c'est un plaisir de les voir. Et toutes les cordes qui les tiennent sont en soie. Si bien que je vous assure que vraiment ces tentes, les deux salles et la chambre, ont une si grande valeur qu'un roi ne pourrait les payer.

Et tout autour de ces tentes se trouvent les autres tentes bien dressées et très belles ; là sont les armes du seigneur et les autres gens. Et puis il y a encore d'autres tentes dans lesquelles sont les oiseaux et ceux qui les gardent. Ainsi il y a une si grande quantité de tentes de toutes sortes dans ce champ que c'est une merveille. Car cela ressemble à une bonne ville pour la quantité de gens qui viennent chaque jour de partout. Il y a en effet des médecins, des astrologues, des fauconniers, et de toutes les autres professions utiles à des gens si nombreux. D'autant plus que chacun est accompagné de sa maisonnée comme c'est l'usage.

Le seigneur demeure ainsi en ce lieu jusqu'au printemps. Et pendant tout ce temps il ne fait que chasser les oiseaux dans les environs, sur les lacs et les rivières, car il y en a beaucoup et dans de beaux endroits où il y a des grues et des cygnes et toutes sortes d'autres oiseaux. De plus tous les gens aux alentours ne cessent de chasser les oiseaux et autres gibiers et ils lui apportent, chaque jour, une grande quantité de gibier et d'oiseaux de toutes sortes en abondance. Il y en a tant et en si grande abondance, ils en tirent une distraction si plaisante, pendant ce séjour, que c'est une merveille que je vous raconte, car ceux qui n'ont pas vu cela ne pourraient le croire. J'ajoute aussi que nul individu, quel qu'il soit, n'ose garder un oiseau ni un chien pour chasser pour son plaisir à vingt journées de ce lieu. Mais partout ailleurs chacun peut posséder ce qu'il veut. De même, dans toutes les terres du seigneur nul n'ose, si hardi soit-il, quel qu'il soit, prendre aucune de ces quatre espèces : lièvre, cerf, chevreuil et biche ; de mars à octobre. Qui irait contre cela serait déshonoré. Mais ils sont gens si obéissants aux ordres du seigneur, qu'au fil des chemins ils les trouvent endormis et ne les toucheraient pourtant pour rien au monde. Par conséquent le gibier se multiplie tant que toute la terre en est pleine et le seigneur en a tant qu'il veut. Mais passé ce terme que je vous ai indiqué, de mars à octobre, chacun peut en prendre à volonté. Et quand le seigneur a demeuré de mars à la mi-mai dans ce lieu, avec tant de plaisir, comme je vous l'ai conté, il en part avec tous ses gens et s'en retourne directement par le chemin par lequel il est venu. Il va à la cité maîtresse Pékin qui est la capitale du Cathay. [...]

40
Pékin, carrefour commercial

Sachez que la cité de Pékin comprend une si grande multitude de maisons et de gens dans son enceinte et à l'extérieur que cela semble impossible, car il y a autant de faubourgs que de portes. Ils sont douze qui sont très grands et dans lesquels il y a plus de gens que dans la cité. Et dans ces faubourgs demeurent et séjournent les marchands et les étrangers de passage qui sont très nombreux à venir de partout pour apporter des choses au seigneur comme cadeaux et pour les vendre à la cour. Ainsi y a-t-il autant de maisons à l'extérieur de la ville qu'à l'intérieur sans compter celles des grands seigneurs et des barons qui sont très nombreuses.

Sachez qu'on n'ose ensevelir aucun cadavre dans la ville, car s'il est idolâtre on l'emmène pour le brûler hors de la ville et des faubourgs, dans un lieu à l'écart destiné à cet usage. Quand il est d'une autre religion qui pratique l'enterrement, comme les chrétiens, les musulmans et autres gens, on le porte au-delà des faubourgs, dans un lieu désigné de telle sorte que le sol est meilleur et plus sain.

De plus, aucune pécheresse[1] qui vend son corps ne demeure à l'intérieur de la ville mais elles demeurent à l'extérieur, dans les faubourgs. Et je vous assure qu'il y en a un si grand nombre, en raison des étrangers qui se trouvent là en foule, que c'est une merveille. Car je vous certifie qu'elles sont plus de vingt mille qui vendent leur corps. Et elles trouvent toutes à gagner de l'argent, ce qui vous montre qu'il y a quantité de gens. Et je vous assure qu'en cette cité arrivent plus de choses de prix et de plus grande valeur, venues d'ailleurs, qu'en aucune autre cité du monde, et toutes choses y sont plus abondantes. Car chacun en apporte de partout, tant pour le seigneur que pour la cour et pour la cité qui est si grande, tant pour les barons et les chevaliers qui sont si nombreux que pour la grande armée du seigneur qui se trouve aux environs, tant pour la cour que pour la cité, tant pour l'un que pour l'autre. Il en vient donc tant que c'est un trafic ininterrompu et il n'est jour de l'année où pour ce qui est uniquement de la soie, il n'entre mille charretées[2] dans cette cité, avec quoi on fabrique maints draps d'or et de soie et plusieurs autres choses. Et ce n'est pas merveilleux car dans toutes les contrées aux alentours il n'y a point de lin si bien qu'il faut tout faire en soie. Et il est bien vrai qu'ils ont à certains endroits du coton et du chanvre mais pas assez ; toutefois cela ne les gêne pas en raison de la grande quantité de soie bon marché qu'ils ont et qui vaut mieux que du lin ou du coton.

---

1. ***Pécheresse*** : qui commet un péché, c'est-à-dire qui commet une faute par rapport aux prescriptions de la religion. Les pécheresses qui vendent leur corps sont ici les prostituées.

2. ***Charretées*** : ce que contient une charrette.

Autour de cette cité de Pékin il y a bien deux cents cités dans les environs plus ou moins proches. Et de chacune viennent des marchands pour vendre des marchandises et en acheter pour leur seigneur. Et ils trouvent tous à vendre leur marchandise et à en acheter d'autres. C'est donc une cité de grand commerce. […]

41
Une monnaie moderne

Il est certain que dans cette cité de Pékin se trouve la banque du grand seigneur, et elle est établie de telle manière qu'on peut bien dire que le grand Khan sait parfaitement les arcanes de l'alchimie[1], car il fait faire une monnaie comme je vais vous l'exposer. Il fait prendre des écorces d'arbres qui sont de mûriers dont les vers qui mangent les feuilles font la soie. Car il y en a tant que toutes les contrées sont couvertes et pleines de ces arbres-là. Et on prend une écorce très fine qui est entre le bois de l'arbre et la grosse écorce extérieure, et elle est blanche. Et on fait noircir cette écorce fine comme du papier. Puis quand ces papiers sont faits on les fait découper. Le plus petit vaut un petit denier tournois[2] et le suivant, un peu plus grand, vaut un demi-gros d'argent vénitien, et le suivant vaut un vénitien d'argent. […] Et on va ainsi jusqu'à dix besants d'or. Et tous ces billets sont

1. ***Les arcanes de l'alchimie*** : l'alchimie est la science qui cherche au Moyen Âge à transformer le plomb en or grâce à une préparation mystérieuse appelée une arcane.
2. ***Denier tournois***, ***gros d'argent***, ***vénitien d'argent***, ***besant d'or*** : monnaies courantes en Occident à l'époque de Marco Polo.

marqués du sceau[1] du seigneur. Il en fait ainsi faire une grande quantité chaque année qui ne lui coûte rien, et qui paierait tous les trésors du monde.

Et quand ces billets sont faits comme je vous l'ai expliqué il les utilise pour tous ses paiements. Et il les fait distribuer à chacun à travers toutes ses provinces, dans tout son royaume, dans tout son pays, partout où il règne. Et nul, pour l'amour de soi, n'ose les refuser, car il serait immédiatement mis à mort. Et je vous assure que chacun les prend volontiers parce que là où ils vont, dans le royaume du grand Khan, ils les dépensent et payent les marchandises qu'ils achètent et vendent aussi bien qu'avec de l'or fin. De plus ils sont si légers que ce qui vaut dix besants d'or n'en pèse pas un.

Sachez aussi que tous les marchands qui viennent d'Inde, ou d'autres pays, qui apportent de l'or ou de l'argent, des pierres ou des fourrures, n'osent les vendre à personne d'autre, dans cette cité, qu'au Seigneur. Et il a choisi douze barons chargés de cela, hommes avisés et sachant s'y prendre. Ils évaluent les marchandises et le seigneur les fait payer avec largesse en billets. Quant à eux, ils les prennent très volontiers car ils n'en auraient pas tant de personne d'autre. De plus ils sont payés immédiatement, ils peuvent avoir en échange de cette monnaie, tout ce qu'ils veulent, partout et elle est plus légère à transporter. Le seigneur en achète tant chaque année que son trésor est immense et il paye des choses qui ne lui coûtent rien, comme vous l'avez entendu. [...]

1. ***Sceau*** : cachet officiel qui authentifie un document, un objet.

42
La poste

Sachez bien que de cette cité de Pékin partent beaucoup de chemins qui vont vers maintes provinces. [...] Quand on part de Pékin, par quelque route que ce soit et qu'on fait vingt-cinq milles, les messagers du seigneur trouvent un poste qu'ils appellent *iamb* et que nous appelons « relais de chevaux ». Et à ce relais où arrivent les messagers il y a un beau palais, grand et riche, où ils logent. Et les chambres sont pleines de superbes lits très beaux et très bien garnis de tout le nécessaire, avec de riches draps de soie. Et elles ont tout ce qu'il faut pour un messager. Si un roi lui-même y venait il y serait bien logé. Et l'on trouve, dans ces relais, bien quatre cents chevaux, dans chacun. Et dans certains il y en a deux cents, en fonction des différents besoins que le grand Khan a établis ; ils doivent rester là et se tenir prêts pour ses messagers quand il les envoie quelque part. Et sachez qu'à vingt-cinq ou trente milles, se trouve toujours un de ces relais, fourni comme je vous l'ai dit, mais cela concerne toutes les routes principales qui vont dans les provinces dont je vous ai parlé, de telle sorte qu'on va ainsi à travers toutes les provinces du grand Khan. Et quand les messagers vont dans quelque endroit écarté de sorte qu'ils ne trouvent ni maison ni hôtellerie, le seigneur fait faire ainsi, ni plus ni moins, des relais comme je vous les ai décrits si ce n'est qu'il faut chevaucher de plus grandes journées car les premiers sont espacés de vingt à trente milles et ceux-là le sont de trente-cinq à quarante-cinq milles et ils sont équipés comme les autres de tout le nécessaire, de chevaux et du reste, pour que les messagers du seigneur qui vont et viennent soient équipés comme ils veulent, de quelque pays qu'ils viennent. Et certes voilà qui est bien preuve d'une grandeur et d'une supériorité inouïe. Jamais nul empereur, nul roi, ou nul seigneur n'eut telle richesse. Car sachez en vérité que trois cent mille chevaux demeurent dans ces relais uniquement pour ses messagers, et que les palais qui sont plus de dix mille sont tous fournis d'équipements aussi riches que je vous l'ai raconté. Et c'est une chose si merveilleuse et de si grande valeur qu'on pourrait difficilement la chiffrer par écrit. Je vais vous raconter une autre chose encore que j'avais oubliée, qui mérite d'être racontée à ce sujet. Sachez que le grand Khan a encore ordonné – et c'est ainsi fait – qu'entre deux relais, quelle que soit la route, tous les trois milles il y ait un petit village où il peut y avoir à peu près quarante maisons dans lesquelles demeurent des hommes qui font aussi les messagers du seigneur à pied. Chacun porte une ceinture grande et large, toute pleine de clochettes, de manière à ce que, quand ils se déplacent, ils soient entendus de loin. Et ils se déplacent en courant à toute vitesse jusqu'au village suivant, à trois milles. Et on aura alors équipé un autre homme, muni ainsi de clochettes, qu'on aura équipé avant l'arrivée du premier parce qu'on l'aura entendu arriver au son des clochettes. Et dès que l'autre est rejoint il prend ce que le premier apporte et il prend une petite lettre que lui donne le greffier[1] qui est

1. ***Greffier*** : personne responsable des travaux d'écriture, celui qui écrit sous la dictée.

toujours prêt à le faire. Et il s'en va en courant pendant les trois milles suivants. Et les suivants ont aussi équipé celui qui le relaie, et il s'en va. Et ils changent ainsi tous les trois milles ; le seigneur a une grande quantité de ces hommes à pied, qui portent messages et nouvelles en un jour et en une nuit au lieu de dix. Car ils se déplacent aussi la nuit, si bien que quand il le faut ils font cent journées en dix jours et en dix nuits ce qui est un exploit. [...]

43
Le charbon

Il est vrai que dans toute la province du Cathay il y a une sorte de pierres noires que l'on extrait des montagnes comme par veines et qui brûlent comme des bûches[1]. Et elles entretiennent mieux le feu que ne le fait une bûche. Car si vous les mettez au feu la nuit vous retrouverez au matin le feu ; elles sont donc de si bonne qualité qu'à travers toute la province on ne brûle pas autre chose. Il est bien vrai qu'il y a beaucoup de bois, mais on ne le brûle point parce que ces pierres valent mieux et coûtent moins que des bûches.

1. ***Bûches*** : ici, charbon.

44
Provisions impériales

Sachez que quand le seigneur voit qu'il y a abondance de blé et à bon marché il s'en procure, en fait amasser en grandes quantités à travers toutes ses provinces et le met dans de grands entrepôts. Il le met si bien à l'abri qu'il se conserve trois ou quatre ans. Et comprenez qu'il y a toutes sortes de blé : froment, orge, mil, riz, millet, et autres, si bien que quand il arrive qu'une sorte soit chère le seigneur retire de ses réserves la quantité nécessaire de l'espèce dont on a besoin. [...] Et il fait cela partout où il exerce son pouvoir, car il en fait tant amasser partout, après délibération, que chacun s'il en a besoin en a autant qu'il veut, et autant qu'il en a besoin pour vivre. [...]

45
Le Yang-Tsé-Kiang

[...] Au milieu de cette cité[1] court un grand fleuve dans lequel on prend beaucoup de poissons. Il est large d'un demi-mille et est très profond ; il est si long qu'il va jusqu'à l'Océan. Mais le voyage dure quatre-vingts ou cent journées. On l'appelle le Yang-Tsé-Kiang. Il y a sur ce fleuve une si grande quantité de navires que personne ne peut le

1. ***Cette cité*** : il s'agit de Syndifu, actuelle Chengdu dans le Sichuan.

croire sans le voir et à seulement l'entendre dire. Et la multitude de marchandises que les marchands transportent en amont et en aval sur ce fleuve est si grande que personne au monde ne le croirait. On ne dirait pas un fleuve mais une mer tant il est large.

Et nous allons parler du fleuve et d'un grand pont qui traverse ce fleuve dans la ville. Le pont au-dessus de ce fleuve est en pierre ; il est large de huit pas et long d'un demi-mille qui est la largeur du fleuve. Le long du pont, de chaque côté il y a des colonnes de marbre qui soutiennent le toit du pont, car il est entièrement couvert, d'un bout à l'autre d'un toit en bois qui est peint de très riches peintures. Et sur ce pont il y a beaucoup de maisons de commerce et d'artisanat. Mais ces maisons sont toutes des étals de bois que l'on met le matin et enlève le soir. Il y a aussi sur ce pont la douane du grand Khan où l'on paye les droits et les taxes du seigneur. Et je vous assure que le péage de ce pont rapporte bien au seigneur mille poids d'or fin chaque jour et plus. [...]

46
Hangzhou

Quand on part de la cité de Chang-An et que l'on a chevauché trois jours à travers une très belle région, découvrant beaucoup de villes et de demeures, on trouve la très noble cité de Hangzhou, qui veut dire en français la *cité du ciel*, comme je vous l'ai dit ailleurs. Et puisque nous sommes arrivés à ce point, nous allons vous conter sa grande noblesse, bien digne d'être racontée, car c'est, certainement, la cité la plus noble et la meilleure qui soit au monde, selon ce que la reine de ce royaume envoya par écrit à Baian[1] qui conquit la contrée, pour qu'il envoyât l'écrit au grand Khan, afin qu'il sût la valeur de cette cité et qu'il ne la fît pas dévaster ni détruire. Et, selon ce qui était contenu dans cet écrit, nous vous décrirons la vérité. Messire Marco Polo la vit et la découvrit ensuite, comme nous vous le raconterons.

Il était premièrement contenu dans cet écrit que cette cité de Hangzhou est si grande qu'elle a bien cent milles de circonférence. Et il y a douze mille ponts de pierre si hauts qu'un grand navire passerait bien en dessous. Et que personne ne s'émerveille qu'il y ait tant de ponts, car je vous dis que la cité est toute sur l'eau, et environnée d'eau, si bien que pour cette raison il faut qu'il y ait beaucoup de ponts pour se déplacer à travers la cité.

Cet écrit disait aussi que dans cette cité il y avait douze sortes de métiers différents. Et pour chaque métier il y avait douze mille maisons dans lesquelles demeuraient ceux qui travaillaient. [...] Cet écrit ajoutait qu'il y avait tant de marchands et si riches, qui faisaient un tel commerce, qu'il n'est homme qui sût dire vraiment en quelle quantité. [...]

Il y a dans la cité un grand lac qui a bien trente milles de circonférence. Tout autour il y a de très beaux palais et des maisons très belles et riches, qui appartiennent aux nobles de la cité. Et il y a beaucoup d'abbayes et d'églises d'idolâtres. Au milieu de ce lac il y a deux îles et il y a sur chacune un beau palais très riche et très grand, qui paraît digne d'un empereur. Et quand un habitant de la cité voulait faire une grande fête, il le faisait dans ce palais car on y trouvait à

1. ***Baian*** : général de Kubilaï.

disposition de la vaisselle d'argent, des couverts, et tout ce dont on avait besoin. C'est le roi qui pourvoyait à tout cela pour honorer son peuple, et c'était un bien commun, pour tout un chacun qui voulait donner une fête.

Les maisons de cette cité avaient de hautes tours de pierre dans lesquelles on mettait les choses précieuses des maisons par crainte du feu, car le reste des habitations est en bois.

Les gens sont idolâtres et depuis que le grand Khan les a conquis, ils ont de la monnaie de papier. Sachez aussi qu'ils mangent de toutes les viandes, du chien et d'autres bêtes viles que les chrétiens ne mangeraient en aucune manière. Sachez aussi que depuis que le grand Khan eut la cité, il ordonna que chacun des douze mille ponts fût gardé, jour et nuit, par dix personnes, pour que nul n'y commît mauvaise action, ni ne fût si hardi pour ourdir une trahison ou un soulèvement contre lui. Sachez encore qu'à l'intérieur de la cité il y a un mont sur lequel il y a une tour et sur cette tour une planche de bois ; chaque fois que le feu ou un autre péril menaçait la cité, il y avait un homme avec un marteau qui frappait sur cette planche et était entendu de très loin, si bien que, quand on entendait cette planche retentir, chacun savait de manière certaine qu'il y avait le feu dans la cité, ou une autre affaire. [...]

Sachez que toutes les rues de la cité sont pavées de pierres, de même que tous les chemins de la région du Mangi[1], de sorte qu'on peut chevaucher et aller partout sur des routes propres. Et sans le pavement on ne pourrait y chevaucher aussi bien, car le pays est bas et plat, et il est raviné quand il pleut.

---

1. ***Le Mangi*** : voir note 1, p. 64.

Sachez encore que dans la cité de Hangzhou il y a bien trois mille bains qui sortent de terre, dont les gens tirent plaisir et propreté. Et l'Océan est à vingt-cinq milles, près de cette cité qu'on appelle Ganpu. Beaucoup de navires vont en Inde, et dans d'autres pays étrangers, et en reviennent, exportant et important des marchandises de nombreuses sortes, qui enrichissent la cité. Et de cette cité de Hangzhou part un fleuve qui va jusqu'à ce port de mer. […]

Les gens de cette contrée ont la coutume suivante : sitôt qu'un enfant naît ils écrivent le jour, l'heure, sous quelle planète et sous quel signe il est né, si bien que chacun d'eux connaît le jour de sa naissance. Et quand quelqu'un veut faire un voyage il va voir les astrologues et leur demande les sorts, pour savoir s'il est bon de prendre la route ou non. Et parfois ils disent que non, de sorte qu'ils abandonnent leur voyage jusqu'à ce qu'ils disent que c'est le moment. Car ils disent souvent la vérité de sorte qu'ils ont grande confiance en eux. Et sachez qu'ils sont bons maîtres dans cet art. […]

Il y a aussi dans cette cité le palais du roi qui s'enfuit, qui était seigneur du Mangi ; c'est le plus grand palais du monde comme je vais vous le dire. Sachez qu'il est si grand qu'il a dix milles de circonférence et qu'il est tout entouré de hauts murs et tous crénelés. À l'intérieur se trouvent les plus beaux jardins et les plus agréables qui soient au monde et tout remplis des meilleurs fruits du monde. Il y a maintes fontaines et maints lacs qui sont pleins de poissons. Au milieu se trouve le palais qui est très grand et très beau. Il y a vingt salles belles et grandes et une plus grande que les autres dans laquelle beaucoup de gens pourraient manger. Elle est toute peinte à l'or, et le plafond et les murs n'ont d'autre peinture que de l'or, de sorte qu'elle est si belle à voir qu'elle est d'une splendeur extraordinaire.

Sachez encore que dans ce palais il y a bien mille chambres très belles et très grandes, toutes peintes à l'or et de diverses couleurs. Sachez encore que, dans cette cité, il y a cent soixante grandes rues et dans chaque rue dix mille maisons, de sorte que cela fait un million six cent mille maisons, parmi lesquelles il y a une grande quantité de riches palais, beaux et grands. […] Nous vous dirons encore autre chose. Sachez que tous les bourgeois de cette cité et autres habitants ont la coutume d'inscrire sur leur porte, leur nom, le nom de leur femme, de leurs enfants, de leurs esclaves et de tous ceux qui demeurent dans la maison, et aussi combien de bêtes ils ont. Et s'il arrive que quelqu'un meure dans la maison, on retire son nom et si quelqu'un naît on l'inscrit avec les autres. C'est ainsi que le seigneur sait combien de gens il a dans sa cité. […]

47
Le port de la cité de Quanzhou

[…] Sachez que dans cette cité est le port de Quanzhou, où arrivent tous les bateaux depuis l'Inde, qui apportent les épices et les autres marchandises précieuses. Et c'est le port où tous les marchands du Mangi arrivent, si bien que pour cette raison il y arrive une si grande quantité de marchandises, de pierres précieuses et de perles que c'est une merveille ; on les emporte depuis ce port dans le Mangi. Et je vous assure que pour un bateau de poivre qui va à Alexandrie, ou ailleurs, pour être apporté en terre chrétienne, il en arrive à Quanzhou cent et plus, de sorte que le grand Khan perçoit dans ce port de grands droits de douane. Car sachez que sur toutes les marchandises qui y arrivent le seigneur perçoit le dixième comme taxe ; ce sont des pierres précieuses, des perles et des marchandises délicates. Et pour le poivre c'est quarante-quatre pour cent, pour le bois d'aloès, le santal et d'autres grosses marchandises, c'est cinquante pour cent.

Il y a de toutes les denrées en abondance. Et sachez que près de cette cité de Quanzhou il y a une autre cité qui se nomme Longquam, dans laquelle on fait beaucoup de plats et de porcelaines qui sont très belles. Et dans nul autre port on n'en fait ailleurs que dans celui-ci, et il y en a beaucoup, à bon marché. [...]

48
Le Japon

Cipangu [1] est une île du levant [2] en haute mer, éloignée par mille cinq cents milles de la terre ferme. C'est une très grande île. Les gens sont blancs et ont belle allure. Ils sont idolâtres et sont indépendants. Et je vous assure qu'ils ont une quantité infinie d'or car ils la trouvent dans leurs îles. Peu de marchands y vont parce que c'est si loin de la terre ferme. C'est pour cette raison que l'or y abonde outre mesure.

1. ***Cipangu*** : le Japon.
2. ***Levant*** : voir note 5, p. 26.

Et je vais vous décrire la merveille qu'est le palais du seigneur de cette île. Sachez qu'il a un grand palais qui est tout couvert d'or fin, à la manière dont nos églises sont couvertes de plomb, de sorte que cela est d'une telle valeur qu'on pourrait à peine le compter. Et tout le pavement du palais et des chambres est d'or, en blocs épais de bien deux doigts, et les fenêtres aussi, de sorte que ce palais est d'une richesse si démesurée que nul ne pourrait le croire. Ils ont des poules rouges qui sont très bonnes à manger et ils en ont beaucoup. Ils ont aussi beaucoup de pierres précieuses. Et je vous dis qu'en raison de cette grande richesse qui était dans cette île, dont on avait fait le récit à Kubilaï Khan, il décida de la faire prendre.

[La tentative du grand Khan pour s'emparer de l'île se solde par un échec.]

49
La Malaisie

[...] Sachez que cette mer, dans laquelle se trouvent ces îles, s'appelle la mer de Chine, ce qui revient à dire la mer qui longe le Mangi. Car dans le langage de ces îles, quand ils disent Chine, cela veut dire Mangi. Et je vous dis que dans cette mer de Chine qui est au levant, selon ce que disent les pêcheurs et les marins expérimentés de cette contrée, il y a sept mille quatre cent cinquante-neuf îles dans lesquelles ces marins vont; c'est pour cela qu'ils le savent, car ils ne cessent de naviguer en mer. Et je vous dis qu'il n'y a aucune de ces îles dans laquelle il n'y ait d'arbres très bons et de bonne senteur, comme le bois d'aloès, et encore d'autres meilleurs. Il y a aussi beaucoup de sortes d'épices. Et je vous dis que dans ces îles pousse le poivre blanc comme neige, en abondance. Ainsi ce sont de merveilleuses richesses : d'or, de pierres et d'épices de toutes sortes. Mais elles sont si loin de la terre ferme qu'il est très difficile d'y aller. Et quand les navires de Quanzhou et de Hangzhou y vont, ils en tirent grands gains et grands profits. Et ils mettent un an à y aller car ils y vont l'hiver et reviennent l'été. Car dans cette mer ne soufflent que deux vents, l'un tout l'hiver et l'autre tout l'été. [...] Nous partirons maintenant de cette contrée parce que ce sont des pays écartés des routes et des lieux inhospitaliers. Et puis parce que Messire Marco Polo n'y alla point. Et le grand Khan n'a que faire d'eux car ils ne lui payent pas de tribut. [...]

50
Java

Quand on navigue depuis la Cochinchine[1] mille cinq cents milles au sud, on arrive à une grande île appelée Java, dont les marins de cette région disent que c'est la plus grande île du monde. Car elle a bien cinq milles de circonférence. Elle est à un grand roi du pays, et il n'en paye de tribut à personne. Ils sont idolâtres. Cette île est très riche. Ils ont du poivre noir, des noix muscades, du

1. ***La Cochinchine*** : le Vietnam actuel.

galanga[1], des cubèbes[2], du girofle et toutes les autres épices. Dans cette île il y a une grande quantité de navires et de marchands qui y achètent et amènent de grandes marchandises dont ils tirent grands gains et grand profit. Et je vous dis que le grand Khan ne put jamais avoir cette île, en raison du long voyage qu'il faut faire et de la dépense que coûterait la traversée. Les marchands de Quanzhou et de Chine en tirent de grands bénéfices. [...]

51
Les hommes à tête de chien

Andaman est une île très grande. Les habitants n'ont pas de roi et sont idolâtres, et sont comme des bêtes sauvages. Et je vous dis que tous les hommes de cette île d'Andaman ont une tête de chien, des dents et des yeux aussi, car ils ressemblent tous de visage à de grands mâtins[3]. Ils ont beaucoup d'épices et sont des gens très cruels car ils mangent tous ceux qu'ils peuvent prendre, dès lors qu'ils ne sont pas de leur peuple. Ils vivent de riz, de viande et de lait. Ils ont des fruits différents des nôtres. Je vous ai parlé de cette race de gens parce que c'était bien d'en parler dans notre livre. Je vais maintenant vous parler d'une île qui s'appelle Ceylan, comme vous allez l'entendre.

1. ***Galanga*** : plante dont la racine était utilisée comme stimulant.
2. ***Cubèbes*** : arbustes voisins du poivrier, dont on utilisait les propriétés médicinales.
3. ***Mâtin*** : chien.

52
Ceylan

Quand on part de l'île d'Andaman et qu'on va environ mille milles à l'ouest, il n'y a rien ; moins vers le sud-ouest se trouve alors l'île de Ceylan, qui est vraiment tout à fait la meilleure île qui soit au monde, par sa taille. Et sachez qu'elle mesure bien deux mille quatre cents milles. Mais autrefois elle était plus grande, car elle mesurait bien environ trois mille milles, selon ce que les bons marins disent de cette mer. Mais le vent du nord y vente si fort qu'il a fait aller une grande partie de cette île sous l'eau. Et voilà la raison pour laquelle elle n'est pas aussi grande qu'elle le fut jadis. Mais sachez que de là où le vent du nord vient, l'île est toute basse et toute plate. Et quand on vient de la haute mer avec un bateau, on ne peut voir la terre que quand on en est proche.

Maintenant nous allons vous décrire cette île. Les habitants ont un roi qu'ils appellent *sendemain*, ils ne payent de tribut à personne. Ils sont idolâtres et vont tout nus, si ce n'est qu'ils couvrent leur sexe. Ils n'ont nul blé, mais du riz et du sésame, avec lequel ils font de l'huile. Ils vivent de viande et de lait et tirent du vin de ces arbres dont je vous ai parlé avant. Et ils ont le meilleur bois de Brésil du monde. Je vais maintenant laisser cela pour vous parler de la plus précieuse chose qui soit au monde. Car sachez que dans cette île on trouve des rubis, et qu'ils ne poussent en nulle autre contrée du monde, à part dans cette île. Et on y trouve aussi des saphirs, des topazes, des améthystes et de maintes autres pierres précieuses. Et le roi de cette île a un rubis qui est le plus beau et le plus gros qui soit au monde. Voici comment il est fait : il est long d'une grande paume, et bien gros comme le bras d'un homme. Il est la chose du monde la plus splendide à voir, et n'a nulle tache. Il est vermeil comme du feu. Il est de si grande valeur qu'à peine pourrait-on le payer avec de l'argent. Et sachez que le grand Khan y envoya ses messagers pour lui demander que, par courtoisie, il lui vendît ce rubis, et il lui demandait instamment ; il lui ferait donner en échange de ce rubis la valeur d'une cité ou ce qu'il voudrait. Le roi répondit qu'il ne le vendrait pour rien au monde, parce qu'il venait de ses ancêtres. [...]

53
La pêche aux perles en Inde du Sud

Quand on part de l'île de Ceylan et qu'on va à l'ouest, pendant soixante milles, on trouve la grande province de Coromandel qui est appelée Inde majeure. C'est la meilleure Inde qui soit, et c'est une terre ferme. Sachez que dans ce pays il y a cinq rois qui sont frères de sang. Et je vous parlerai de chacun à son tour. C'est la plus belle et la plus magnifique contrée du monde.

À la tête du pays règne un des cinq frères qui est un roi couronné et s'appelle Sonder bandi davar. Et dans son royaume on trouve des perles très grosses et très belles et je vais vous dire comment on les trouve. Sachez donc que dans cette mer il y a un golfe entre l'île de Ceylan et la terre ferme. Et autour de ce golfe il n'y a que dix à douze pas d'eau, et à certains endroits il n'y en a pas deux. Et ceux qui vont chercher les perles ont des bateaux et viennent dans ce golfe du mois d'avril à la mi-mai. Ils vont dans un lieu que l'on appelle Puttalam. Ils vont à soixante milles dans ce golfe. Là, ils jettent l'ancre et passent de leurs bateaux dans de petites barques. Sachez qu'ils sont plusieurs marchands qui s'associeront. Et il leur faut trouver des hommes à leur solde, qu'ils payent d'avril à la mi-mai. Et ils donnent par avance au roi, comme taxe, le dixième de tout ce qu'ils prennent. Il leur faut aussi donner aux hommes qui ensorcellent les grands poissons pour qu'ils ne fassent pas de mal aux hommes qui vont sous l'eau pour trouver des perles, le vingtième de tout ce qu'ils prennent. Et ils appellent ces hommes qui ensorcellent les poissons : brahmanes [1], et leur sort ne dure que ce jour-là. Sachez aussi que les brahmanes savent ensorceler les bêtes et les oiseaux et tout ce qui est vivant. Quand les hommes sont dans les petites barques, ils se jettent à l'eau et vont dessous jusqu'au fond, là où il y a de quatre à douze pas d'eau, et ils restent au fond autant qu'ils le peuvent. Et ils trouvent des coquillages dans lesquels sont les perles. Ces coquillages sont faits comme des huîtres ou des moules. Dans ces coquillages on trouve des perles grosses et petites et de toutes sortes, car ces perles sont fichées dans la chair de ces coquillages. Et de cette manière on pêche les coquillages en grande quantité, car de là sortent les perles qui se répandent à travers le monde. […]

1. ***Brahmanes*** : voir note 3, p. 6.

54
La Faune indienne

[…] Il y a dans ce royaume [1] une très grande diversité de bêtes, et très différentes du reste du monde. Les lions y sont tout noirs. Et il y a des perroquets de diverses espèces, car il y en a de blancs comme la neige avec le bec et les pattes vermeil. Et il y en a aussi de vermeil et des bleus qui sont la plus belle chose au monde à voir. Et il y en a aussi de très petits qui sont beaux ; et il y en a aussi des verts. Ils ont aussi de très beaux paons, plus grands que les nôtres et différents. Et ils ont des poules très différentes des nôtres qui sont plus belles et meilleures. Et ils ont des fruits extraordinaires, et tout cela en raison de la grande chaleur qu'il y fait. […]

55
Le Goujarat

Le Goujarat est un grand royaume ; les habitants sont idolâtres et ont leur langue. Ils ont un roi et ne payent tribut à personne. […] Ce sont les plus grands corsaires du monde. Et voilà leurs méfaits : quand ils ont pris un navire marchand, ils donnent aux marchands à boire une chose qui s'appelle *tamarin*, qui leur fait vider tout ce qu'ils ont dans le ventre, parce que quand les marchands voient

1. ***Ce royaume*** : il s'agit de l'Inde.

qu'ils sont pris ils avalent les perles et les pierres quand ils savent qu'elles sont de grande valeur. Et de cette manière, les corsaires les ont toutes.

Il y a dans cette province du Goujarat beaucoup de poivre, de gingembre et d'indigo. Et ils ont aussi beaucoup de coton. Et les arbres qui produisent le coton sont bien hauts de six pas et sont vieux de vingt ans. Mais il est bien vrai que, quand les arbres sont si vieux, le coton qu'ils font n'est pas bon à filer, mais on s'en sert autrement. On tanne de grandes quantités de cuir dans ce pays, de diverses sortes ; cuir de bouc, de bœuf, de buffle et de bœuf sauvage, de licorne[1] et de maintes autres bêtes. On en tanne tant qu'on en charge chaque année plusieurs navires qui vont en Arabie et ailleurs. Et on y fait de très beaux ouvrages en cuir rouge gravé d'oiseaux et de bêtes très belles, et cousus de fil d'or et d'argent avec beaucoup de finesse. Et ils sont si beaux que c'est merveille à voir. Il y en a certains qui valent bien dix marcs d'argent. [...]

56
Les îles Mâle et Femelle

Quand on part de ce royaume du Mekran[2] qui est sur la terre ferme et que l'on navigue environ cinq cents milles au sud on trouve les deux îles Mâle et Femelle. Elles sont à trente milles l'une de l'autre. Tous sont des chrétiens

---

1. ***Licorne*** : animal imaginaire au corps de cheval et qui portait une corne au milieu du front.

2. ***Mekran*** : la région de l'actuel Pakistan.

baptisés et s'en tiennent aux usages de l'Ancien Testament, car quand leurs femmes sont enceintes ils ne les toucheraient pour rien au monde, et quand elles ont une fille, ils ne les touchent avant quarante jours.

Dans l'île qui est appelée Mâle demeurent tous les hommes. Et quand arrive le mois de mars ils partent tous et vont dans l'autre île, trois mois chaque année : mars, avril et mai. Et pendant ces trois mois ils prennent du plaisir avec leur femme. Et au bout de ces trois mois ils reviennent sur leur île et font les semailles, cultivent la terre et commercent, les neuf autres mois. Ils ont dans cette île de l'ambre très fin. Ils vivent de viande, de lait et de riz. Ils sont très bons pêcheurs, et prennent en mer de très bons et grands poissons. Ils en prennent une grande quantité, les font sécher et en ont toute l'année suffisamment à manger, et ils en vendent aux marchands qui viennent là. Ils n'ont pas de seigneur mais ils ont un évêque qui est soumis à l'archevêque d'une autre île, dont nous vous parlerons plus loin qui s'appelle Socotra. Ils ont leur langue. Quant aux enfants qu'ils engendrent avec leur femme, si c'est une fille, elle demeure avec la mère, si c'est un garçon, la mère l'élève quatorze ans puis le renvoie à son père. Et c'est la coutume de ces deux îles. Les femmes ne font pas autre chose qu'élever leurs enfants et cueillir les fruits qu'elles ont dans leur île. Car les hommes leur fournissent ce dont elles ont besoin. Il n'y a rien d'autre à en raconter. [...]

57
Les oiseaux griffons

On dit que dans ces autres îles qui sont au sud, où les nefs ne peuvent aller de peur de ne pouvoir revenir à cause des courants marins, on trouve les oiseaux griffons qui y apparaissent à certaines saisons. Mais ils disent qu'ils sont différents de ce que nous disons. Et ceux qui sont allés là et les ont vus ont raconté à Messire Marco Polo qu'ils étaient comme des aigles, mais ils sont démesurément grands, car ils disent que leurs ailes couvrent bien trente pas et que leurs plumes couvrent et mesurent bien douze pas. Et il est si fort qu'il prend un éléphant avec ses pattes et l'emporte très haut, puis il le laisse tomber et le tue ainsi ; il descend sur lui et en mange à sa guise. Les gens de ces îles l'appellent : *Ruc* et il n'a pas d'autre nom. C'est pourquoi je ne sais s'ils ont d'autres sortes d'oiseaux aussi grands, ou si ce sont les oiseaux griffons. Mais je vous dis bien qu'ils n'ont pas la forme composée d'un demi-lion et d'un demi-oiseau, comme nous le disons. Mais ils sont imposants et ressemblent tout à fait à l'aigle. [...]

58
Aden[1]

Sachez que dans ce pays d'Aden il y a un seigneur qui s'appelle le sultan. Ils sont tous musulmans, adorent Mahomet et détestent les chrétiens. Et il y a là maintes cités et villages. Dans cet Aden est le port dans lequel arrivent beaucoup de navires d'Inde avec leur marchandise. Et, de ce port, les marchands la portent pendant sept journées avec de petits bateaux. Et au bout de ces sept journées ils déchargent la marchandise et la chargent sur des chameaux et vont par voie terrestre bien trente journées. Et puis ils trouvent le fleuve d'Alexandrie[2], qu'ils remontent jusqu'à Alexandrie. Ainsi, par cette route d'Aden, les musulmans d'Alexandrie ont toutes les épices et tout le poivre qu'ils ont. Car ils ne peuvent en avoir par une autre route si bonne et si agréable jusqu'à Alexandrie. Et sachez que le sultan d'Aden perçoit de très grands droits et de très grands tributs des navires qui circulent entre l'Inde et son pays, avec toutes sortes de marchandises. Et d'autres endroits aussi. Car il part du port d'Aden vers l'Inde une très grande quantité de bons chevaux arabes et de chevaux de trait à deux selles. Car ceux qui les emmènent en Inde font de grands bénéfices parce que les chevaux sont très chers en Inde, comme je vous l'ai déjà dit, car les Indiens n'en ont

1. ***Aden*** : aujourd'hui au Yémen.
2. ***Le fleuve d'Alexandrie*** : le Nil.

pas. Ainsi ils vendent bien un cheval de bataille cent marcs d'argent et plus. Ce sultan d'Aden perçoit de si grands droits sur la cargaison de son port qu'il dit qu'il est un des plus riches seigneurs du monde. [...]

Table des correspondances entre chapitres

Édition « Étonnants Classiques »	Édition M. G. Pauthier (1865)
Préface	
Prologue	
Récit des deux voyages	
1. Nicolas et Mafeo partent pour Soudak	I
2. De Soudak à la Volga	II
3. En Perse	III
4. En route vers le grand Khan	IV
5. Rencontre avec Kubilaï	V
6. Kubilaï s'informe	VI
7. Nicolas et Mafeo ambassadeurs du grand Khan	VII
8. Retour vers l'Occident	VIII
9. Un fils de quinze ans	IX
10. Nicolas, Mafeo et Marco partent pour la Terre sainte	X
11. Faux départ	XI
12. Sur les routes de l'Asie	XIII
13. Marco est présenté à Kubilaï	XIV
14. Marco, messager de Kubilaï	XV
15. « Messire Marco Polo »	XVI
16. Dix-sept ans plus tard	XVII
17. Retour à Venise	XVIII

Les merveilles de l'Orient	
18. Bagdad	XXIV
19. Le miracle de la montagne de Bagdad	XXV
20. Le savetier providentiel	XXVI
21. Un vrai saint	XXVII
22. Miracle	XXVIII
23. Les rois mages	XXX
24. Ormuz	XXXVI
25. Le vieux de la montagne	XL
26. Le paradis des assassins	XLI
27. Les descendants d'Alexandre le Grand	XLVI
28. Le désert de Gobi	LVI
29. Les Mongols	LXVIII
30. L'organisation militaire et les coutumes tartares	LXIX
31. Le palais d'été de Chang-Tou	LXXIV
32. Kubilaï, le seigneur des seigneurs	LXXV
33. Portrait de Kubilaï	LXXXI
34. Le palais d'hiver de Pékin	LXXXIII
35. Pékin	LXXXIV
36. Les fastes de la cour	LXXXV
37. L'anniversaire du grand Khan	LXXXVI
38. Migration printanière	XCI
39. Plaisirs printaniers	XCII
40. Pékin, carrefour commercial	XCIV
41. Une monnaie moderne	XCV
42. La poste	XCVII
43. Le charbon	CI
44. Provisions impériales	CII
45. Le Yang-Tsé-Kiang	CXIII

46. Hangzhou	CLI
47. Le port de la cité de Quanzhou	CLVI
48. Le Japon	CLVIII
49. La Malaisie	CLX
50. Java	CLXII
51. Les hommes à tête de chien	CLXVII
52. Ceylan	CLXVIII
53. La pêche aux perles en Inde du Sud	CLXIX
54. La Faune indienne	CLXXIV
55. Le Goujarat	CLXXVIII
56. Les îles Mâle et Femelle	CLXXXIII
57. Les oiseaux griffons	CLXXXV
58. Aden	CLXXXVIII

DOSSIER

- Testez vos connaissances
- Écrivez un guide de voyage
- L'apprenti cinéaste
- L'apprenti ethnologue
- L'apprenti écrivain
- Regards antiques

Testez vos connaissances

Étymologies

Sauriez-vous expliquer la formation des mots suivants :

A. orient
B. cynocéphales
C. Tartares

Paradoxes

Complétez les phrases suivantes pour qu'elles expriment des paradoxes :

L'orient séduit parce qu'il fait ....
Le récit de voyage contient surtout des ....
Dire des choses nouvelles comme des auteurs ....
La civilisation mongole est marquée par la fragilité nomade et la .... guerrière.

L'auteur et le livre

Qui a écrit le *Livre de Marco Polo* ?

Quels sont les trois titres différents qu'on donne à l'ouvrage ?

Dans quelle ville Marco Polo est-il né ? À quel siècle a-t-il vécu ? Quelle profession son père exerçait-il ?

Histoire

Comment s'appelait le chef des Mongols qui a étendu leur empire de la mer Noire au Pacifique ?

Comment s'appelait le grand Khan auprès duquel Marco Polo resta dix-sept ans ?

Écrivez un guide de voyage

Vous voulez écrire un guide de voyage pour les marchands et les missionnaires.

1. Relevez dans le récit des chapitres 1 à 17 les dangers qui peuvent retarder les voyageurs et rédigez un texte qui les mette en garde.

2. Dans votre introduction, vous voulez vanter l'avance de la civilisation chinoise ; choisissez trois éléments décrits dans le livre qui vous serviront d'exemples pour développer votre argumentation.

3. Remplissez le tableau suivant qui vous servira de document préparatoire à la rédaction en indiquant pour chacune des merveilles un lieu dans lequel on peut la trouver et le chapitre où l'auteur en parle.

Merveille	Lieu	Chapitre

Draps de soie et d'or – Tombeaux des rois mages – Dents d'éléphants – Mirages – Palais d'été – Palais d'hiver – Palais de printemps – Un immense pont couvert – Le palais du roi qui s'enfuit – Plats de porcelaine – Palais en or – Poivre noir, noix de muscade, galanga, cubèbes et girofle – Cynocéphales – Le plus gros rubis du monde – Les perles que l'on pêche – Des perroquets – Du coton – Oiseau griffon – Chevaux.

4. Dessinez l'enceinte extérieure du palais du chapitre 34 afin d'illustrer votre guide.

L'apprenti cinéaste

Adapter un scénario

Vous voulez filmer la vie de Marco Polo et vous ne souhaitez pas faire intervenir le personnage de Rusticien ; vous imaginez une première scène dans laquelle on voit Marco Polo écrire le prologue.
Réécrivez-le à la première personne comme s'il avait été écrit par Marco Polo ; les expressions en italiques doivent être modifiées.

« Moi, Messire Marco Polo, sage et noble citoyen de Venise, *raconte ce qu'il a vu*. Toutefois il y a des choses *qu'il n'a* pas vues, mais *il les a entendues* d'hommes sûrs. Pour cette raison nous donnerons les choses vues pour vues et les choses entendues pour entendues, afin que notre livre soit honnête et vrai, sans aucun mensonge. Et chaque personne qui entendra ce livre, ou le lira, devra le croire, parce que tout y est vrai. Car sachez que, depuis que notre seigneur Dieu fit Adam notre premier père, il n'y eut jamais homme d'aucune race qui sût tant de choses et qui parcourût les diverses parties du monde à la recherche de ses grandes merveilles, comme *ce messire Marco Polo*. Et pour cette raison, *il a pensé* que le mal serait extrêmement grand *s'il ne faisait* mettre par écrit ce *qu'il avait vu* et entendu de véritable, pour que les autres gens, qui n'ont ni vu ni entendu ces choses, les connaissent grâce à ce livre. Et je vous dis que, pour savoir cela, *il demeura*, en ces diverses contrées, bien vingt-six ans. »

Imaginer un décor

Étudiez la description du palais d'hiver chapitre 34 de « Sachez qu'il est le plus grand qui soit » à « destiné à durer tout le temps ». Remplissez le tableau p. 112.

Éléments décrits	Termes caractérisant ces éléments
il [le palais]	le plus grand qui soit, n'a pas d'étage, est de plain-pied

Étudiez les éléments de caractérisation dégagés afin d'identifier les moyens utilisés pour exprimer l'admiration.
Dans votre tableau, relevez :

A. le lexique des matières précieuses
B. le lexique de l'abondance
C. trois propositions subordonnées circonstancielles de conséquence
D. un superlatif
E. une comparaison
F. trois hyperboles (= figure de style qui consiste à amplifier une idée, à l'exagérer, pour la mettre en valeur)
G. justifiez que cette description privilégie le sens de la vue

L'apprenti ethnologue

1. L'ethnologue étudie les comportements humains en fonction des différents groupes ethniques dans lesquels les hommes vivent.
Quels renseignements pouvez-vous tirer des chapitres 29 et 30 sur les modes de vie mongols (habitat, vêtements, coutumes, répartition des tâches, habitudes alimentaires, organisation, conception de l'au-delà) ?

....

....

2. Vous préparez une exposition sur les Mongols.
Quels objets souhaiteriez-vous présenter au public pour illustrer leur mode de vie ?

....

....

L'apprenti écrivain

Ajoutez une conclusion au livre.
Vous imaginez que Rusticien de Pise a été témoin du retour de Marco Polo à Venise. Racontez.

....

....

....

....

....

Regards antiques

Hérodote, *Histoires*

Hérodote est un historien grec qui a vécu au Ve siècle av. J.-C. Ses *Histoires* racontent les guerres Médiques qui opposèrent les Grecs et les peuples d'Asie qu'ils appelaient les Barbares, c'est-à-dire ceux qui ne parlaient pas grec. Il entrecoupe son récit de nombreuses descriptions donnant des informations sur les pays, les peuples, les richesses naturelles des divers endroits évoqués. Les trois passages sélectionnés ici peuvent apparaître comme des sources d'inspiration de Rusticien et témoignent de la façon dont on imagine l'Orient depuis l'Antiquité comme une terre de richesses, de cruauté et d'une diversité monstrueuse.

III. 106. Extrêmes beautés.

Les extrémités de la terre habitée ont eu, en quelque sorte, en partage, ce qu'elle a de plus beau, comme la Grèce a eu, pour le sien, la plus agréable température des saisons. L'Inde est, ainsi que je viens de le dire, la dernière contrée habitée à l'Est. Les quadrupèdes et les volatiles y sont beaucoup plus grands que dans les autres pays ; mais les chevaux y sont plus petits que ceux de la Médie[1], qu'on appelle Niséens. Ce pays abonde en or : on le tire des mines, des fleuves qui le charrient avec leurs eaux, et de la manière dont nous avons dit qu'on l'enlevait. On y voit, outre cela, des arbres sauvages, qui, pour fruit, portent une espèce de laine, plus belle et meilleure que celle des brebis. Les Indiens s'habillent avec la laine qu'ils recueillent sur ces arbres.

---

1. ***La Médie*** : région peuplée dans l'Antiquité par les Mèdes, au nord-ouest de l'Iran actuel.

CVII. Du côté du midi, l'Arabie est le dernier des pays habités. C'est aussi le seul où l'on trouve l'encens, la myrrhe[1], la cannelle, le cinnamome[2], le lédanon[3]. Les Arabes recueillent toutes ces choses avec beaucoup de peine, excepté la myrrhe.

IV. 71. Funérailles des rois scythes[4].

Quand on lui a fait parcourir toutes les provinces et toutes les nations soumises à son obéissance, il arrive dans le pays des Gerrhes, à l'extrémité de la Scythie, et on le place dans le lieu de sa sépulture, sur un lit de verdure et de feuilles entassées. On plante ensuite, autour du corps, des piques, et on pose par-dessus des pièces de bois, qu'on couvre de branches de saule. On met, dans l'espace vide de cette fosse, une des concubines du Roi, qu'on a étranglée auparavant, son échanson[5], son cuisinier, son écuyer, son ministre, un de ses serviteurs, des chevaux ; en un mot, les prémices[6] du reste de toutes les choses à son usage, et des coupes d'or : ils ne connaissent en effet ni l'argent ni le cuivre. Cela fait, ils remplissent la fosse de terre, et travaillent tous, à l'envi l'un de l'autre, à élever, sur le lieu de sa sépulture, un tertre très haut.

LXXII. L'année révolue, ils prennent, parmi le reste des serviteurs du Roi, ceux qui lui étaient les plus utiles. Ces

---

1. ***La myrrhe*** : résine aromatique fournie par le balsamier. Les rois mages en apportèrent à l'enfant Jésus avec l'or et l'encens.

2. ***Cinnamome*** : cannelle.

3. ***Lédanon*** : gomme résineuse produite par les feuilles de certaines plantes.

4. ***Scythes*** : peuple d'origine iranienne vivant en Scythie, au nord de la mer Noire.

5. ***Échanson*** : personne chargée de servir à boire au seigneur.

6. ***Les prémices*** : les commencements.

serviteurs sont tous de nation scythe ; le Roi n'ayant point d'esclaves achetés à prix d'argent, et se faisant servir par ceux de ses sujets à qui il l'ordonne. Ils étranglent une cinquantaine de ces serviteurs, avec un pareil nombre de ses plus beaux chevaux.

IV. 191. Races prodigieuses.

À l'ouest du fleuve Triton, les Libyens laboureurs touchent aux Auséens ; ils ont des maisons, et se nomment Maxyes. Ils laissent croître leurs cheveux sur le côté droit de la tête, rasent le côté gauche, et se peignent le corps avec du vermillon : ils se disent descendus des Troyens. Le pays qu'ils habitent, ainsi que le reste de la Libye Occidentale, est beaucoup plus rempli de bêtes sauvages, et couvert de bois, que celui des Nomades ; car la partie de la Libye Orientale qu'habitent les Nomades est basse et sablonneuse jusqu'au fleuve Triton. Mais depuis ce fleuve, en allant vers le Couchant, le pays occupé par les Laboureurs, est très montagneux, couvert de bois et plein de bêtes sauvages. C'est dans cette partie occidentale de la Libye que se trouvent les serpents d'une grandeur prodigieuse, les lions, les éléphants, les ours, les aspics, les ânes qui ont des cornes, les cynocéphales et les acéphales [1], qui ont, si l'on en croit les Libyens, les yeux à la poitrine. On y voit aussi des hommes et des femmes sauvages, et une multitude d'autres bêtes féroces, qui existent réellement.

Pline l'Ancien, *Histoire naturelle*

Pline est un auteur latin qui vécut au Ier siècle ap. J.-C. Son *Histoire naturelle* constitue une sorte d'encyclopédie faisant la somme des connaissances de son temps. Pour parvenir à cette

1. ***Cynocéphales*** : à têtes de chien ; ***acéphales*** : sans tête.

synthèse il reprend les textes des auteurs qui l'ont précédé comme Hérodote par exemple. Son *Histoire naturelle* devient à son tour au Moyen Âge une autorité, un livre de référence. On a tenu à conserver dans cet extrait le mouvement de la réflexion de ce début du Livre VII qui commence par s'interroger sur ce qu'est l'homme pour examiner ensuite les races monstrueuses et conclure finalement sur l'idée que cette diversité témoigne de la puissance de la nature.

Livre VII

[…] Seul de tous les animaux, il est en proie aux chagrins, au luxe, qu'il déploie sous mille formes et sur chaque partie de son corps : seul il est esclave de l'ambition, de l'avarice, de l'amour immodéré de la vie, de la superstition ; seul il s'inquiète de sa sépulture, et de ce qui suivra sa mort. Point d'être dont la vie soit plus frêle, l'ambition plus âpre et plus vaste, l'effroi plus près du trouble, la rage plus vive et plus forte. Enfin tout autre animal vit d'accord avec son espèce ; ils ne se liguent, ils ne luttent que contre des êtres différents : jamais la fureur des lions n'alla jusqu'à combattre les lions […] mais l'homme, grands dieux ! n'a pas d'ennemi plus cruel que l'homme.

Dans notre revue ethnographique du globe se trouvent presque toutes les généralités relatives à l'espèce humaine. Mon but n'est pas ici de traiter des mœurs et des coutumes, presque aussi variées qu'il y a de sociétés différentes ; toutefois il est certaines particularités que je ne puis omettre.

Les peuples qui vivent loin de la mer en offrent surtout. Quelques-unes sans doute seront aux yeux du grand nombre prodigieuses et incroyables. Quel homme, avant de voir des Éthiopiens, eût cru à leur existence ? Quel objet, lors de son apparition, n'arrache le cri de la surprise ? Que de choses décrétées impossibles jusqu'au jour où on les exécute ? À chaque instant, la puissance et la majesté de la nature, trouvent l'homme incrédule, lors même qu'au lieu d'embrasser l'ensemble, il s'arrête sur les détails. [...]

Au reste, je ne me porte pas garant de tout ce que je vais rapporter ; je préfère renvoyer aux sources et les indiquer pour tout ce qui paraîtra douteux. Seulement qu'on n'affecte pas un injuste dédain pour les Grecs, les plus anciens et les plus exacts des observateurs.

2. J'ai indiqué des peuplades scythes, et même plusieurs, qui se nourrissent de chair humaine. Cela paraîtrait incroyable, si l'on ne réfléchissait qu'au centre du monde, en Italie et en Sicile, il y a eu des peuples capables de ce forfait, tels que les Cyclopes, les Lestrigons [1], et que naguère encore, au-delà des Alpes, on avait coutume d'offrir des sacrifices humains. D'immoler des hommes à les manger il n'y a qu'un pas. Auprès des Scythes septentrionaux, non loin de la caverne déjà mentionnée où naît l'Aquilon [2], lieu nommé Gesclitos, se trouvent les Arimaspes, dont j'ai parlé, remarquables par l'œil unique qu'ils ont au milieu du front. Ce peuple, dit-on, est continuellement en guerre avec les griffons, espèce de monstres que l'on représente ordinairement avec des ailes, qui, tirant l'or des mines, mettent à conserver ce métal autant d'ardeur que les Arimaspes à le leur enlever : tel est du moins le récit de nombre d'auteurs, parmi lesquels on distingue Hérodote [...].

L'Inde et l'Éthiopie surtout fourmillent de merveilles. Dans l'Inde naissent des animaux gigantesques ; les chiens, par exemple, y sont d'une plus haute taille qu'ailleurs. Les arbres mêmes, dit-on, y sont si élevés, qu'une flèche ne pourrait en

---

1. ***Les Cyclopes, les Lestrigons*** : peuples légendaires que rencontre Ulysse lors de son périple raconté par Homère dans l'*Odyssée*.
2. ***Aquilon*** : vent du Nord.

dépasser le faîte. La fertilité du sol, la température du ciel, l'abondance des eaux sont telles, qu'un figuier (à peine le fait est croyable) peut couvrir tout un escadron de cavalerie. […]

Ctésias [1] parle de plusieurs montagnes habitées par des hommes à tête de chien ; ils se couvrent de peaux de bêtes ; des aboiements leur tiennent lieu de voix ; armés de griffes, ils vivent d'oiseaux et de quadrupèdes pris à la chasse. Leur nombre, selon l'historien, s'élevait à plus de cent vingt mille. […]

Dans les déserts de l'Afrique, des apparences d'hommes se montrent subitement au voyageur, et s'évanouissent aussitôt. Ainsi s'est jouée la spirituelle nature, en créant l'espèce humaine ; et chaque badinage a pris chez nous le nom de prodige. Et qui pourrait énumérer ses créations de chaque jour, je dirais presque de chaque instant ? Un seul fait nous révèle sa puissance : elle a porté des peuples entiers sur sa liste de prodiges.

---

1. ***Ctésias*** : historien grec du Vᵉ siècle avant Jésus-Christ, auteur de *Persika* et *Indika*.

Notes et citations

Dernières parutions

ASIMOV
Le Club des Veufs noirs (314)

BAUM (L. FRANK)
Le Magicien d'Oz (315)

CARRIÈRE (JEAN-CLAUDE)
La Controverse de Valladolid (164)

« C'EST À CE PRIX QUE VOUS MANGEZ DU SUCRE... » Les discours sur l'esclavage d'Aristote à Césaire (187)

CEUX DE VERDUN
Les écrivains et la Grande Guerre (134)

CHEDID (ANDRÉE)
Le Message (310)

CHRÉTIEN DE TROYES
Lancelot ou le Chevalier de la charrette (116)
Perceval ou le Conte du graal (88)
Yvain ou le Chevalier au lion (66)

CLAUDEL (PHILIPPE)
Les Confidents et autres nouvelles (246)

COLETTE
Le Blé en herbe (257)

CRIME N'EST JAMAIS PARFAIT (LE)
Nouvelles policières 1 (163)

DUMAS
Pauline (233)

FAIRE VOIR : QUOI, COMMENT, POUR QUOI ?
Anthologie (320)

FERNEY (ALICE)
Grâce et dénuement (197)

GRUMBERG (JEAN-CLAUDE)
L'Atelier (196)

HOMÈRE
L'Odyssée (125)

HUGO
Ruy Blas (243)

MME DE LAFAYETTE
La Princesse de Clèves (308)

LA FONTAINE
Le Corbeau et le Renard et autres fables – *Nouvelle édition des* Fables (319)

LAROUI (FOUAD)
L'Oued et le Consul et autres nouvelles (239)

LE FANU (SHERIDAN)
Carmilla (313)

MAUPASSANT
Le Horla (11)
Le Papa de Simon (4)
Toine et autres contes normands (312)

MÉRIMÉE
Carmen (145)
Mateo Falcone. Tamango (104)

MOLIÈRE
Le Bourgeois gentilhomme (133)
George Dandin (60)
Le Médecin volant. La Jalousie du Barbouillé (242)

MONTESQUIEU
Lettres persanes (95)

NOUVELLES DE FANTASY 1 (316)

NOUVELLES FANTASTIQUES 2
Je suis d'ailleurs et autres récits (235)

PERRAULT
Contes – *Nouvelle édition* (65)

PIRANDELLO
Donna Mimma et autres nouvelles (240)

PRÉVOST
Manon Lescaut (309)

RISQUE ET PROGRÈS
Anthologie (258)

ROUSSEAU
Les Confessions (238)

STOKER
Dracula (188)

SURRÉALISME (LE)
Anthologie (152)

TROIS CONTES PHILOSOPHIQUES
(Diderot, Saint-Lambert, Voltaire, 311)

VOLTAIRE
Zadig – *Nouvelle édition* (30)

WESTLAKE (DONALD)
Le Couperet (248)

Création maquette intérieure :
Sarbacane Design.

Composition : IGS-CP.
N° d'édition : L.01EHRN000205.N001
Dépôt légal : novembre 2009
Imprimé en Espagne par Novoprint (Barcelone)